Ina Bruchlos

Der Kampf der Mähdrescher

Kurze Erzählungen

1. Auflage 2008
copyright © 2008 Ina Bruchlos
copyright © 2008 dieser Ausgabe Minimal Trash Art, Hamburg
Minimal Trash Art ist ein Verlag der Billhardt, Frese, Reiling GbR.
www.minimaltrashart.de
Umschlaggestaltung und Schaffotografie Jasmin Knickrehm
Lektorat Melanie Reiling und Jan Billhardt
Layout und Satz Marc Frese
Alle Rechte vorbehalten.
Druck AZ Druck und Datentechnik GmbH, Kempten/Allgäu
ISBN 978-3-9808788-7-6

5	Der Kampf der Mähdrescher
11	My home is my castle
19	Die Bank
27	Metamorphosen
33	Vom anderen Stern
37	Das absolute Gehör
43	Wildpark
49	Donalds Haus
57	Wunder
63	Faule Grete, fleißiges Lieschen
69	Das Land des Lächelns
75	Namen sind Schall und Rauch
81	Das Tor zur Welt
89	Venedig
97	Die Katzen unserer Nachbarn
103	Leise rieselt

Der Kampf der Mähdrescher

»Und dann natürlich immer, wenn es unter Kennern zu einem Streit über den Entstehungsort und das Entstehungsdatum der Currywurst kam. Die meisten, nein, fast alle reklamierten dafür das Berlin der späten fünfziger Jahre. Ich brachte dann immer Hamburg.«
(Uwe Timm: Die Entstehung der Currywurst)*

Als ich in einem unüberlegten Moment Chris fragte, ob sie eigentlich je überlegt habe, aus Hamburg wegzuziehen, sah ich in ein überrraschtes Gesicht, dessen hanseatischer Mund die Frage formte: *Warum denn und wohin?*

Mittlerweile bin ich lange genug hier um zu wissen, was den Hamburger in Hamburg hält. Man könnte vereinfacht denken: Hamburg. Nur, was unterscheidet diese Stadt von anderen großen Städten, warum ist es für den Hamburger so unvorstellbar, seine Stadt zu verlassen, und weshalb behauptet der Wetterdienst, die aufkommende Schlechtwetterfront ziehe ausschließlich über die *schönste* Stadt Deutschlands, so als ob es nirgendwo anders auch regne, als könne selbst der Regen einer so unbeschreiblichen Stadt wie Hamburg nichts ausmachen und selbst wenn es anderswo einmal nieseln sollte, die anderen Städte den Kampf gegen das Wetter verlören, nasser und trister würden, während die Hansestadt in einem Glanz, den nur der Hamburger zu erkennen vermag, erstrahlt.

Aus meiner Sicht, die schon immer eine Sicht aus der Provinz war, ich, die ich ja streng genommen auf dem Land groß wurde, auf einem Land, Land genug, um seine Haustiere in Kornfeldern zu verlieren und Stadt genug, um die Feldwege zu teeren und sich in einem fort in eine Stadt zu wünschen; in meinen Provinzaugen sind Großstädte Großstädte. Ich mache noch feine Unterscheidungen zwischen Stuttgart und Berlin und trotzdem stellte sich für mich nie die Frage, ob nun Frankfurt oder Hamburg meine Stadt der Zukunft werden sollte. Ich ging nach dem reinen Ausschlussprinzip vor, dass ich bestimmt nicht in Reinheim leben, geschweige denn sterben wollte, dem Nest im Irgendwo, wo die Läden wie die Nachnamen meiner Mitschüler klangen, wo die Läden den Vätern der Mitschüler gehörten und die Getränkehandel immer *Getränke Reinhard* heißen würden, es sei denn, Herr Reinhard wäre mit dem Pech einer Tochter gesegnet, die den Namen ihres Nachbarn annähme, des Bäckers Freitag, und der Bäcker das Glück hätte, sich in seinem Nest auszudehnen, denn dann gäbe es einen Bäcker *und* einen Getränkeladen mit seinem Namen. Man vermutete beinahe das Ziel, dass irgendwann, in nicht allzu ferner Zukunft, Reinheims Einzelhandel den einen großen Namen tragen würde, der sich durchgesetzt hätte: *Habermann*, denn auch die *Freitags* bekamen irgendwann nur noch Töchter.

Ich zog von Frankfurt nach Hamburg. Der Landmensch zieht in kleinen Schritten und misst die Entfernung in Tagesmärschen, die Zeit am Stand der Sonne und in unseren Höhlen malten wir mit bloßen Händen das zu erjagende Vieh. *Ich brauche Vieh*, rief der Metzger Bauer von der Anhöhe, *und einen Sohn, der mir die kleine Habermann heiratet.*

Ich weiß noch nicht einmal mehr, warum ich von Frankfurt wegzog, ich mochte Frankfurt. Frankfurt sei eine schöne Stadt, erklärte ich meinen Arbeitskollegen, die müde lächelten und meinten, warum ich dann dort nicht mehr wohne. Über soviel städtische Spitzfindigkeit konnte ich nur bäurisch einfältig lächeln, zumal ich immer verschwieg, dass ich vom Land kam, immer behauptete, Frankfurt sei es gewesen, die Stadt meiner Geburt, was auch ganz gut funktionierte – der Hamburger hatte schließlich keine Verwandten im Ausland, er ging nie ins Ausland und wenn er sagte, Frankfurt sei eine hässliche Stadt, dann meinte er seine Vorstellung von einer Stadt, die er in der Zeitung gesehen hatte und von der der Zeitungsreporter mutmaßte, es könne Frankfurt sein. Die Stadt als Wille und Vorstellung.

Chamäleongleich versuchte ich, mich in den Städten den dort geltenden Brauchtümern anzupassen. Provinzmenschen sind Herdentiere, verlassen sie die heimische Wiese, versuchen sie sich an die Elbe zu stellen wie ortsansässige Schafe auch, versuchen ein wahres Stadtschaf zu sein und in der gleichen Art zu grasen, wie der Hanseat grast, und die Elbe zu ehren und zu lobpreisen, niemals eine Zigarette an einer Kerze zu entzünden, damit kein Seemann stirbt, und jegliche Anzeichen eines Dialekts über Bord zu werfen.

Das ist aber leckeres Gras, gell? Die Herde hält inne und betrachtet mich argwöhnisch. *Ich sagte, das Gras schmecke vorzüglich*, und die Herde grast weiter, als sei nichts gewesen.

Nach Jahren der Anpassung vollzieht sich ein merkwürdiger Prozess. Die Stadt, in der man immer fremd war, in die man zog wie eine Schildkröte, die wusste, dass die eigenen Wurzeln ganz woanders lagen und dass man wahrscheinlich irgendwann im Sog der Erinnerung zurück schwimmen würde, was eine Zeitung damals so hübsch: *die Sehnsucht der Gene* nannte. Nach Jahren der Gewöhnung fängt man an, seine Stadt zu lieben, als habe man schon immer hier gewohnt, als sei man nie aus Hamburg weggewesen und wenn man gefragt würde, warum man seine Stadt nie verlassen habe, würde man sein Gegenüber mitleidig ansehen und die Frage: *Warum denn und wohin?* noch nicht einmal mehr formulieren.

Man fährt Richtung Elbtunnel und beim Anblick des Hafens und der Kräne schießen einem Tränen des Glücks in die Augen, so als habe man sie gebaut, als sei man *Blohm* und akzeptiere weltoffen, dass Frau *Voss* ihren Namen behält – man kommt ja aus einer Großstadt.

Diese schon leicht übertriebene Liebe zu seiner Wahlheimat geht so weit, dass man für vermeintliche Kritik aus dem Ausland gar nicht mehr empfänglich ist. Ein

Stuttgarter würde es nicht wagen, die alte Hansestadt in Frage zu stellen, und auch der Kieler hält sich zurück. Ein wirkliches Problem stellt dagegen der Berliner dar und damit meine ich auch nicht den Berliner an sich, sondern den zugezogenen Berliner, den Berliner, der nach Jahren der Gewöhnung grast wie die anderen Stadtschafe auch und dem beim Anblick des *Palastes der Republik* Tränen der Rührung in die Augen schießen, als sei er *Erich* und habe die kleine *Honecker* geheiratet.

Ich stand an der Bühne und kaute misstrauisch mein Büschel Elbgras. Die Band sagte: *Hallo Hamburg. Wir kommen aus Berlin.*

Grasende Stille.

Das erste Lied handelt von einem Wintertag, die nirgends so kalt sind wie in Berlin.

Die Schafe verstanden nur *nirgends – so – wie* und wurden unruhig. Nach Sekunden des Überlegens meldete sich ein Schaf aus der ersten Reihe:

Stimmt doch gar nicht.

Hier ist es viel kälter, sagte das zweite.

Am kältesten ist Hamburg. Dafür ist Norddeutschland doch bekannt, wiegelte das dritte Schaf die Herde auf.

Also echt. Kommen aus Berlin und meinen, das Thermometer erfunden zu haben.

Die Situation war beinahe komisch, so als sei es etwas Tolles, kalte Winter zu haben, als wolle man sich so etwas von einem Berliner nicht sagen lassen. *Ihr habt einen schwulen Bürgermeister? Ist ja lächerlich, unserer ist viel schwuler. Wir haben einen schwulen Bürgermeister und einen schwulen Paulipräsidenten.*

Letzterer hätte wahrscheinlich auch nach Berlin gepasst, was aber nicht weiter wichtig war, letztendlich wohnte er in Hamburg und durchfror gemeinsam mit den Hanseaten die klirrend kalten Nächte, von denen die Hauptstadt nur träumen konnte, fror mit anderen Paulifans in der Nordkurve, *Nord- und Südkurve* wohlgemerkt, und nicht *West- und Ostkurve*.

Wir sind Hamburger und ihr nicht, singt der HSV, und betrübt musste ich bei den raren Derbies feststellen, dass dieser Satz auf mich sehr wohl zutrifft und ich mich fragte, wo sie wohl waren, meine wahren Wurzeln.

Bevor Chris abends ihr Büro verlässt, trifft sie immer auf eine türkische Putzfrau. Die öffnet vorsichtig die Tür und fragt: *Heute staubsaug?*

Ich finde, dass diese Formulierung etwas Anrührendes hat. Schließlich muss man nicht unbedingt eine fremde Sprache beherrschen, um in einem fremden Land überleben zu können.

Chris sagt: *Heute nicht staubsaug, morgen staubsaug.*

Die Putzfrau zieht sich mit einem Lächeln zurück.

Chris sagt: *Danke.*

Die Putzfrau: *Dafür nich.*

My home is my castle

»Andere Mäuse, die wir ins Terrarium steckten, waren binnen zwei Tagen verschwunden, doch dieser kleine braune Methusalix baute sich ein Nest, legte mehrere Depots für die Körner an, mit denen wir ihn fütterten, und verbrachte seine Tage mitten unter Schlangen.«
(Yann Martel: Schiffbruch mit Tiger)*

Wenn man so wollte, ähnelte die Wohnung der der Großeltern. In der Küche stand ein alter Küchenschrank mit Postkarten in den Glasfenstern, Motive ferner Urlaubsorte, in denen keiner der Bewohner je gewesen war. Die Regalböden waren mit Plastikfolie beklebt. Auf der Arbeitsplatte stand eine Blechkanne, vielleicht enthielt sie irgendwann einmal Kaffee, was ziemlich egal war, weil niemand von ihnen Kaffee trank.

Eine ähnliche Kanne lag umgekippt auf dem Herd. Überhaupt war die ganze Küche ein Ort der Verwüstung. Auf dem Boden lag Stroh, zerrissene und angenagte Verpackungen in den Ecken. Sogar die Tapeten waren angeknabbert.

Manchmal kamen Leute, die die Stadt angestellt hatte. Sie öffneten die Tür, kamen in schweren Gummistiefeln und mit Blecheimern. Sie warfen Dinge auf den Boden, als sei es egal, wo sich der Schmutz sammelte, gossen Flüssigkeiten in Suppenteller und gingen wortlos. Der Ablauf war immer derselbe, nur die Angestellten wechselten. Sie kamen und wenn sie gingen, schlossen sie hinter sich die Tür. Manchmal waren junge Mädchen mit Pferdeschwänzen dabei. Sie betrachteten erstaunt die Küche, hoben aber dennoch nicht den Stuhl auf, der nun seit Jahren schon umgekippt auf dem Boden lag. Immerhin kamen sie überhaupt rein.

In den Nachbargarten ging niemand, was die Anwohner auch nicht weiter wunderte. Die Nachbarn waren ekelhaft und in der Wohnanlage sehr unbeliebt. Hätte man sie auf der Straße gesehen, hätte man die Seite gewechselt. In der Küche wäre man in der Kanne verschwunden oder in einem Loch im Boden.

Ich will nicht renovieren, sagte ich zu Chris, während ich das muntere Treiben in der Küche betrachtete. *Die renovieren ja auch nicht.*

Das sind auch Mäuse, sagte Chris und klopfte gegen die Scheibe.

Gut, es waren Mäuse – na und?

Gut, es sind Mäuse – na und? Mir gingen die Argumente aus.

Eine Maus kroch gerade aus einer Mehlpackung und sah Chris mit großen Knopfaugen an.

Chris klopfte und die Maus schnupperte, roch aber nur ihresgleichen, worauf sie sich kein Bild machen konnte. Die Person hinter der Scheibe roch nach nichts. Ich zündete mir eine Zigarette an.

Außerdem rauchen die auch nicht, meinte Chris. Würde ich nicht rauchen, hätte man noch warten können, aber so ...

Woher sie das wissen wolle, erwiderte ich eher hilflos, meine Argumente waren noch nicht einmal mehr im Konjunktiv existent. Natürlich rauchten die Mäuse nicht.

Die waren ja auch im Mäuseknast.

Natürlich wusste ich, dass man Mäusewohnungen, Tierhöhlen, zugeschnitten auf animalische Lebensgewohnheiten, nicht mit unserer vergleichen sollte, auch wenn sich mein Leben hauptsächlich in der Küche abspielte, auch wenn bei uns Packungen durch die Gegend flogen und Postkarten an den Wänden klemmten, mit Motiven von fernen Urlaubsorten, in denen wir nicht gewesen waren. Das Hauptmerkmal von Postkarten ist es ja letzten Endes auch, auf der Abbildung nicht gewesen zu sein. Man schickt sie sich ja nicht selbst. So tief sind auch wir noch nicht gesunken.

Ich sah durch die Scheibe und dachte, dass man die Mäusewohnung mit unserer nicht vergleichen konnte, obwohl mir immer mehr Vergleiche einfielen und ich dachte, so wie die Maus könne ich auch leben, die Maus und ich seien vielleicht gar nicht so unterschiedlich, und obwohl ich die Küche sofort wieder erkannte, *meine* dachte, das Mädchen mit dem Pferdeschwanz mir natürlich das eine oder andere Buch hinstellen könnte, vielleicht auch einen Wasserkocher, wusste ich, dass es sich nicht gehörte, unsere Küchen miteinander zu vergleichen.

Du willst dich ja wohl hoffentlich nicht mit der Maus vergleichen, sagte Chris.

Nein, natürlich nicht. *Ich nage nicht an Wänden*, dachte ich.

Noch nicht. *Noch* rauche ich.

Ich solle mich nicht so anstellen. Immerhin müsse ich nicht selbst malen.

Ich hörte, wie der Luchs aus dem Nachbargehege fauchte. Die Parkangestellten warfen ihm große Fleischbrocken über den Zaun. Das Fauchen hing wie ein Beben in der Luft, eine Vibration, die auch die Mäuse zu spüren schienen, denn sie verschwanden wie die sieben Geißlein in ihren seit Jahren gebastelten Schlupflöchern.

Komisch, solche Nachbarn zu haben. *Wie sadistisch so ein Wildpark doch sein kann*, dachte ich und an unsere Wohnung, in die morgen der Maler kommen sollte.

Am Abend packten wir Kisten, jahrzehntelang gehorteten Müll, den man noch nicht einmal sortieren konnte, so zusammenhangslos verteilte er sich in der Wohnung.

Das Plastikbauchschmerzmännchen, das bei meinen Eltern auf der Anmeldung gestanden hatte, den Hinweis in den Händen, den Krankenschein nicht zu vergessen, was im Übrigen genauso sinnlos war, wie bei uns in der Küche zu stehen, einfach so, ohne Schild mit erhobenen Armen, als würde es überfallen. Ein sinnloser Hinweis, jetzt, wo der Patient an der Anmeldung stand und ihn vergessen hatte, den Krankenschein, und eine sinnlose Geste: hier in unserer Küche. Wer sollte dem Bauchschmerzmännchen Schmerz zufügen – den Bauch mal außer acht gelassen. Konnten einen die eigenen Organe bedrohen?

Das Bauchschmerzmännchen war nur die Spitze des Eisberges.

Ich wunderte mich beinahe selbst, wie viele kleine Figuren ich überall stehen hatte, kleine, schlecht gesägte Laubsägearbeiten von Flohmärkten, an denen das Blut unzähliger Kinderhände klebte.

Ich packte Pinnwände im Ganzen in die Kisten, weil mir die Zettel nichts mehr sagten, Bücher, die ich schon kannte, neben CDs, die ich nicht mehr hörte. Alles war so sinnlos. Man hätte das Zimmer als Ganzes nehmen und auf die Stresemannstraße werfen können.

Neidisch spähte ich durch die Tür und sah Chris, wie sie ihre Pokale abstaubte, in eine Kiste legte, auf die sie *Pokale* schrieb. Jetzt stapelte sie Zettel, natürlich alle im DIN-A4-Format.

Ich dagegen stand knietief in Dingen, die außer mir niemand haben wollte und betrachtete traurig das Holzschweinchen auf meinem Schreibtisch, in das eigentlich Zahnstocher gehörten. Jetzt war es leer, der Rücken voller Löcher, stumme Zeugen, dass der ehemalige Besitzer keine Zähne mehr hatte, dass es ihn gar nicht mehr gab und ihn ein Holzschweinchen überlebt hatte, hier in meinem Zimmer.

Mein Zimmer war Zeitzeuge einer verblichenen Generation und um all diese Vergänglichkeit noch zu untermauern, färbte mein Tabakdunst die Wände, vergilbte das, was hätte neu sein können. Der Krankenwagen hätte mich ignoriert und nach der eigentlichen Bewohnerin des Zimmers gesucht. Jene, die den Krieg noch miterlebt hatte – beide. Alles, was ich von den Wänden nahm, hinterließ einen großen, hellen Fleck. Das Zimmer sah aus, als habe man ein großes Feuer darin entfacht. Die Wand, an der das kleine Wandschränkchen hing, wirkte, als hätte ich jahrzehntelang aus kurzer Entfernung einen Flammenwerfer draufgehalten, als sei der Vesuv ausgebrochen und habe den Boden verschont.

Chris fing an, ihre Kisten in den Keller zu tragen, während ich auf mein Räuchermännchen trat, Erzgebirge 1953.

Sie lehnte an meinem Türpfosten, betrachtete mein gesamtes Hab und Gut, das sich auf dem Boden verteilte wie die Strandgutobjekte von Tony Cragg. Letzterer sortierte immerhin nach Farben.

Sie würde mir ja helfen, wenn sie wüsste wie, aber sie wisse es nicht. Sie ging einen Schritt zurück, damit die nächste Welle ihr keine Plastikfiguren gegen die Wade spülte.

Mein Zimmer war ein Meer. Ein Meer mit brennenden Wänden.

Ich fragte sie, wo sie die Dinge hintue, die keine Ordnung hätten, die man nicht sortieren könne.

Chris ging in ihr Zimmer und kam mit einem kleinen Kasten zurück. Sie habe eine Erinnerungskiste.

Ich habe einmal gehört, jeder Mensch habe so etwas, manche hätten Erinnerungskisten, andere ganze Häuser.

Obwohl ich viel besaß, mein Zimmer einen Museumsplatz forderte, hatte ich nichts dergleichen. Die Dinge, die ich hatte, hatten mit meiner eigenen Geschichte überhaupt nichts zu tun. Es waren Gegenstände anderer Menschen: eine Plastiksspardose als Fuchs verkleidet, obwohl ich nie sparte und jetzt auch nicht mehr damit anfangen wollte. Ein Holzvogel, der Zigaretten pickte, die ich nicht rauchte. Einmal habe ich Selbstgedrehte hineingetan – die ließ er entweder fallen oder machte sie kaputt.

Mein Zimmer war ein Museum fremder Erinnerungen, ein Zimmer mit dem Leben Fremder.

Ich dachte an die Küche der Mäuse. Die Kaffeekannen, die auch nicht ihre waren. *Schlafzimmer*, denkt die Maus und wirft ihre Luftmatratze auf den Kaffeerest.

Ich betrachtete die Erinnerungskiste. *Klein*, dachte ich.

Du bist auch da drinnen, sagte Chris.

Ich bin eine Erinnerung?, fragte ich entrüstet.

Natürlich, sagte sie. Auch mein Argument, ich lebe ja noch, auch ich existiere in einem Zeitpartikel, der gegenwärtig sei, brachte sie nicht von dieser Meinung ab. Vergangenheit sei doch immer ein Teil Erinnerung.

Sie öffnete die Kiste und holte ein Foto raus, Malta 2002.

Oder ob ich meine, ich befände mich noch dort.

Ich sah auf das Bild: wir beide unter einem Sonnenschirm.

Ich dachte an die Maus aus dem Wildpark.

Umgekippte Kannen, die irgendwann einmal jemanden gehört haben mussten, Gegenstände, die in der Mäuseküche überlebt hatten, obwohl es die Besitzer längst nicht mehr gab.

Nichts in meinem Zimmer deutete auf unsere gemeinsame Geschichte hin. Hätte ein Historiker mein Zimmer entschlüsselt, hätte er ein Bild von Nachkriegsdeutschland vorgefunden. Chris hätte es nie gegeben.

Beim Rausgehen trat meine Freundin auf eine Muschel. Es tat ihr leid. Ob ich eine Kiste bräuchte.

Erleichtert blickte ich auf die unzähligen Muschelscherben, erinnerte mich an den Strand, von dem wir sie damals gemeinsam aufhoben und dachte: Malta 2002.

Die Bank

»Zwischendurch schielte ich immer wieder auf die Kuchenschach-
tel, die oben auf dem Armaturenbrett direkt vor Nesbitt lag und
ihm zum Teil die Sicht nahm. Wie Jonathan an seinem ersten Tag
erwähnt hatte, war es verboten, Güter in der Fahrerkabine zu
befördern, aber bisher war noch kein Wort darüber gefallen. Ich
strengte mich an, nicht zuviel daran zu denken.«
(Magnus Mills: Ganze Arbeit)*

Ich stehe in dem Durchgang, der die alten deutschen
Meister von ihren alten holländischen Nachbarn trennt.
Von dort aus beobachte ich die beiden Rembrandts, damit ihnen nichts getan wird, damit sie nicht berührt, geschweige denn abgehängt werden.

Ab und zu laufe ich eine Runde, damit auch die alten
Deutschen nicht berührt, geschweige denn abgehängt
werden.

Ich beneide Elke, die auf Rubens aufpassen darf, auf
all die barocken Schinken, die niemand stehlen würde,
die noch nicht einmal durch die Tür passen, die wahr-

scheinlich schon da waren, bevor das Museum da war, und um die man die Museumswände vorsichtig herum gezogen hat, in der Absicht, sie nie wieder gehen zu lassen. Elke wurde gerade abgelöst. Sie kommt mir entgegen und wird sich in die Nische vor die Altäre setzen. In der Nische steht eine Besucherbank, obwohl dort nie ein Besucher sitzt. Die Nische ist dunkel und im Prinzip kann man auch nicht viel sehen. Hinter der Bank ist ein Gitter, das die alten Meister von den Impressionisten trennt. Die einzigen, die dort sitzen, sind die Wärter, die dort ihre Fruchtsäfte von Aldi trinken und undefinierbare Dinge essen, die sie von zuhause mitgebracht haben. Wenn ich meine Runde drehe, sehe ich Elke dort sitzen, ein dunkler, kauender Schatten, gefangen im Mittelalter; während die barocken Quadratmeterstreber von der Ablösung bewacht werden, sehe ich Elke, gefangen in einem anderen Zeitalter, um die man die Museumswände vorsichtig herum gezogen hat, in der Absicht, sie nie wieder gehen zu lassen.

Obwohl es sehr leicht ist, sie zu bewachen, hasse ich die Künstler, die so groß und angeberisch malen mussten, weil sie wussten, dass sie nur im Museum hängen konnten oder bei Bill Gates, der wahrscheinlich auch große Wände hat, von dem sie aber nicht ahnten, dass es ihn irgendwann einmal geben würde. Und weil sie sich in ihren Gruften nicht fragen konnten, ob es toll ist, bei Bill Gates zu hängen, hatten sie sich wahrscheinlich einen dicken Bauch angefuttert, damit sie nicht in stinknormalen Gräbern dahinwelkten, sondern in den Gruften des Petersdoms, die sich ihrem Körperumfang anpassten, und damit man sie begrub in den Kathedralen der Welt, von wo aus sie sich nicht fragen konnten, ob es toll war, bei Bill Gates zu hängen oder in Museen, die es im übrigen auch noch nicht gab.

Ich stelle mir vor, dass die beiden Rembrandts das Teuerste sind, das das Museum zu bieten hat, und weil sie so klein und irgendwie hilflos waren und Rembrandt wahrscheinlich in einem schrabbeligen Sarg unter irgendwelchen Deichen oder Käsefabriken lag, bewachte ich immer am konzentriertesten Rembrandt, während im Nachbarraum Isaak geopfert wurde oder dann doch nicht, weil Gott sich nicht entscheiden konnte, oder das Vater-Sohn-Verhältnis zerrütten wollte oder einfach ein bisschen gemein war.

Stopp, rief Gott, *war bloß ein Witz.* Und Abraham ließ mit seinen barocken Tränenaugen sein Schwert sinken, Tränen der Wut, weil er doch gerade so schön dabei war, nicht ohne seinen Sohn noch kurz an seinen barocken Locken zu ziehen, ein kleiner alttestamentarischer Scherz.

Der Linoleumboden lässt schlurfende Schritte zu mir herüberhallen. Mittlerweile erkenne ich die Gruppen an den Schritten. Schlappende, schürfende Geräusche kommen von den Rentnern, die ihre Klappstühle hinter sich herziehen, trappelnde und hüpfende Schritte von den Schülern.

Früher ging ich aus den Räumen, wenn eine Gruppe auftauchte. Ich dachte, die Führer werden schon aufpassen, dass sich niemand an den Rembrandts vergreift. Heute stelle ich mich im neunzig Grad Winkel zu den

Werken, meine Blicke durchschneiden wie ein Laserstrahl die unsichtbare Linie zwischen Bild und Betrachter, und wenn die Führerin den Rahmen zum Wackeln bringt, schieße ich nach vorne und erzähle irgendetwas von schlechten Vorbildern und dass das immerhin ein Rembrandt sei, ein Rembrandt mit einem *jetzt* modernen Fettfleck auf seinem *damals* tadellosen Kragen.

Ich höre die scheppernden Geräusche einer Schulklasse. Wahrscheinlich haben sie gerade den Grill eines Heiligen abgebrochen. Jetzt fehlt der Grill, sein Folterinstrument, und der Heilige hat keinen Grund mehr, heilig zu sein. Er steht wie ein Betrüger im Gruppenfoto und guckt selig in der Hoffnung, dass es niemand merkt.

Elke kommt mir kauend entgegen und sagt, da hinten sei eine Schulklasse. Ich nicke und laufe meine Runde.

Der Lehrer steht wichtig vor dem Altar und erklärt, warum der Heilige gegrillt wurde. Ich atme auf, weil der Grill noch da ist. Auch die Tonnen sind noch da, in denen die Christen ertränkt wurden, sogar die Schädeldecke des heiligen Thomas liegt noch zu seinen Füßen. Ich lächle beruhigt über das Leid der Welt.

Der Lehrer sieht mich und es fallen die für mich etwas mysteriös klingenden Worte:

Wir bringen alles zurück, wenn wir fertig sind.

Ich betrachte kurz die Klappstühle und nicke.

Sofort mache ich mich wieder auf den Weg zu den Rembrandts.

Im Cranachraum werde ich stutzig. Irgendetwas ist anders. Ich betrachte die Bilder, die scheinbar alle noch da sind. Trotzdem wirkt der Raum irgendwie leerer als sonst. *Irgendwie leerer als sonst* – ein kleiner Satzfetzen, der im Kopf einer Aufsicht wahre Adrenalinschübe auslöst. Ich versuche, mich zu konzentrieren. *Irgendwie leerer als sonst.*

Zwei ältere Besucher stehen schwach und wackelig vor dem heiligen Georg.

Die Worte des Lehrers hallen in meinem Kopf wider. *Wir bringen alles zurück, wenn wir fertig sind.*

Die Idioten haben die Bänke mitgenommen. Ich gehe zurück zum Altar, während die Führerin wahrscheinlich gerade den Rembrandt abhängt und durch die Reihen gehen lässt.

Die Schulklasse ist noch da. Sechs sitzen auf Bänken und der Rest auf den mitgebrachten Klappstühlen.

Ich überlege kurz, ob ich irgendetwas sagen soll, aber im Prinzip ist es sowieso zu spät. *Egal*, denke ich und laufe direkt der Aufsichtsleitung in die Arme. Sie schießt durch die Räume und guckt, ob alle Wärter auf ihrem Posten sind.

Besorgt betrachte ich die leere Mitte, besorgt betrachte ich Frau Feldmann, die besorgt auf die leere Mitte guckt. Aber Frau Feldmann sieht nur besorgt auf die Wärter, ich besorgt auf die Mitte und irgendjemand sollte noch auf die Bilder sehen, besorgt.

Frau Feldmann sieht mich und ich blicke starr auf Cranachs Kurfürsten, damit sie meinem Blick nicht in die leere Mitte folgt, was sie auch nicht tut. Sie sieht nur mich.

Ich gehe zurück zu den Rembrandts. Die Führerin hat ihn wieder aufgehängt. Schön. Ich höre, wie die Schüler im Nebenraum die Bänke zurückschieben – auch schön.

Wir bringen alles wieder zurück, wenn wir fertig sind.
Ich hoffe, die Bänke beinhalteten *alles.*

Ich gehe zurück zu Cranach. Zwei ältere Frauen sitzen auf der Bank. Sie sitzen am äußersten Ende. Im Bierzelt würde sie kippen. Ich stelle mich neben sie und entdecke den Grund dieser merkwürdigen Positionierung. Ein großer Fettfleck mit schimmeligem Rand, in der Mitte ein weißes klebriges Etwas. Ich verfluche die Schüler und suche Elke, treffe aber nur Frau Feldmann. Die Sitze seien eklig. Frau Feldmann sieht mich irritiert an. Wie ich das meine. Ich überlege, wie man am besten *einen großen Fettfleck mit schimmeligem Rand, in der Mitte ein weißes klebriges Etwas* wiedergibt. Ich sage, *eklig.* Sie sagt, *wie eklig?* Ich sage nichts mehr und Frau Feldmann sagt, sie werde sich später darum kümmern.

Mir fällt die Bank in der unbeleuchteten Nische ein. Ich suche weiter nach Elke, finde sie auch und frage, ob wir die Bänke tauschen könnten. Immerhin versteht mich Elke sofort. Ächzend schleppen wir die Bank Richtung Cranach. Dummerweise sitzt auf der Fettbank ein älteres Ehepaar. Sie scheinen *den großen Fettfleck mit schimmeligem Rand, in der Mitte ein weißes klebriges Etwas* nicht gesehen zu haben, denn sie sitzen mittig.

Wir lehnen die Bank gegen Petrus und hoffen, dass Frau Feldmann irgendwo im Neubau steckt.

An der Bank sei sie nicht ganz unschuldig, gesteht Elke. Ihr sei dort ein Joghurt umgekippt. Das Tempotaschentuch habe die Sache dann nur noch schlimmer gemacht.

Wir tauschen die Bänke aus.

Jetzt sieht die Bank ziemlich normal aus. Die andere in der Nische ist so schlecht beleuchtet, dass man den Fleck auch nicht mehr sieht.

Ich folge Elke Richtung Rubens, bedanke mich für das Schleppen, da taucht Frau Feldmann wieder auf, sieht zwei Wärter, die nicht auf ihrem Posten sind und sich unterhalten.

Ich solle ihr die *wie auch immer eklige Bank* zeigen.

Ich deute auf eine kaum wahrnehmbare Verfärbung des Polsters im Cranachraum. Letzten Endes hätte mir die Geschichte mit den Schülern und den Joghurt essenden Aufsehern nur geschadet.

Ich deute auf das kleine Nichts des Polsters und frage mich, ob Frau Feldmann gemerkt hat, dass ich auf etwas zeige, was bei ihrer letzten Runde dort gar nicht stand. Sie fragt: *Wo?*, und beugt sich ganz nahe über das Polster, während ihre linke Hand sich in meinen barocken Locken vergräbt.

Stopp, sagt Gott. *Nur ein kleiner Scherz*, und ich bin noch einmal davongekommen.

Metamorphosen

Ob ich das Gejammer leiser stellen könne, rief meine Mutter in mein Kinderzimmer. Auf dem Plattenteller drehte sich *Ougenweide*, eine Band, die, wie man unschwer am Namen erkennen konnte, alles andere als die Bezeichnung *cool* verdiente.

Wir lebten im Neubaugebiet einer Kleinstadt. Weder das Neubaugebiet noch die Kleinstadt und auch nicht die Dinge, die sich in den Zimmern des Neubaugebiets der Kleinstadt anhäuften, waren hip oder cool, nichts, was man auf Englisch beschreiben konnte, nichts, was aus einem fernen Land oder mit dem exotischen Glanz ferner Städte auch nur zufällig hier gelandet wäre. Das

Exotischste, das wir hatten, waren der BMW meiner Eltern und der Rauhaardackel – beides immerhin aus Bayern. Aber wer hatte schon gerne etwas Bayerisches im Haus.

Meine einzige Verbindung zur Außenwelt war mein älterer Bruder, der einen Führerschein hatte und wenigstens ab und zu die Grenzen der geteerten Feldwege durchbrach. Für mich strahlte mein Bruder etwas Überregionales aus. Ich ließ ihn nicht mehr aus den Augen. Wenn er wegfuhr, saß ich schon auf der Rückbank seines alten Käfers, im Pausenhof stellte ich mich zu ihm in die Raucherecke, obwohl wir beide nicht rauchten und obwohl es ihm peinlich war, weil die jüngeren Geschwister seiner Freunde dort auch nicht standen und die Gürtelschnallen der Freunde betrachteten, während die Gespräche in den höheren Regionen dahinschwebten. Ich stand in Augenhöhe mit den Gürtelschnallen, die im übrigen auch nicht *cool* waren – im Gegenteil, es war uncool, überhaupt einen Gürtel zu tragen.

Ich zog mich an, wie mein Bruder sich anzog, demonstrierte gegen die Dinge, gegen die mein Bruder demonstrierte, bis auf Biblis, wo wir keinen Parkplatz fanden und unverrichteter Dinge wieder nach Hause fuhren. Das Kernkraftwerk ging ungehindert ans Netz, weil wir es nicht schafften, uns in ein Halteverbot zu stellen. *Die schreiben hier bestimmt auf*, sagte mein Bruder.

Polizistenschweine, ergänzte ich mit ernster Miene von der Rückbank, ein Wort, das ich irgendwo aufgeschnappt hatte; eigentlich hieß es *Bullenschweine*, aber ich war schon froh, dass ich mir *Schweine* gemerkt hatte, die schließlich in unserer Nachbarschaft mit uns groß wurden. Tiere konnte ich mir ganz gut merken.

Wir demonstrierten gegen ferne Startbahnen in fernen Wäldern und zogen Regenjacken an, obwohl wir nie auch nur in die Nähe eines Wasserwerfers kamen. Das hätte mein Bruder nicht erlaubt, nicht mit seiner kleinen Schwester, die erst unterwegs merkte, dass sie gegen Flugzeuge und nicht gegen Kernkraftwerke demonstrierte.

Ich hörte die Platten, die mein Bruder hörte, auch wenn er ärgerlicherweise gerade eine folkloristische Phase hatte und die Liedtexte dementsprechend nicht vom coolen Stadtleben, sondern von den Bauernkriegen handelten. Die Textzeile, die meine Mutter gerade so aufbrachte, war dann auch, als die Sängerin sich im immer gleichen Satz: *Die Bauern sind auf-rühü-rig geworden* in immer gewagteren Oktavsprüngen verlor, und man sich fragte, unter welchem Drogeneinfluss sie stehen mochte, hatten die Bauern schließlich keine Drogen gehabt, weswegen sie dann wahrscheinlich auch Krieg führten, Drogen für alle, und auch *Ougenweide* eine typische Provinzband, die Frankfurt das Bahnhofsviertel neidete, was sie weder sich noch der Stadt eingestand.

Wahrscheinlich handelte die ganze Platte von der Sehnsucht nach dem zerstörerischen Großstadtdschungel, was die Sängerin instinktiv wusste und durch ihr Gejammer im Grunde ganz gut zur Geltung brachte, während ich sehnsüchtig darauf wartete, dass mein Bruder endlich den Sprung zum Schmetterling schaffte und ich nicht immer auf seinem Ast hinterher kriechen musste, um in seinem Raupenabfall nach etwas Brauchbarem zu wühlen. Zwei Raupen auf dem Weg nach oben, nur dass die dickere plötzlich bremste und der Auffassung war, die Sache mit dem Entpuppen habe noch Zeit und die nächste uncoole Band auf den Plattenteller warf. Meine Saugnäpfchen klebten am Ast fest und meine freien Arme warfen mit Haselnüssen nach meinem Bruder, in der Hoffnung, wenn ich die Schale treffe, platzt sie auf und er fliegt. Irgendwann musste der verdammte Kokon doch reißen. Ich ließ ihn nicht aus den Augen und sollte er anfangen zu fliegen, säße ich schon auf seinem Rücken, während der sanfte Wind meine zarten Raupenhärchen nach hinten streichen würde.

Obwohl Reinheim im Herzen Deutschlands liegt, kam es mir immer so vor, als lebte ich im tiefsten Osten, was natürlich völlig absurd war, kannte ich ja noch nicht einmal die westlichen Städte, geschweige denn den wilden Osten, der in meiner Jugend noch umzäunt war. Ich kannte noch nicht einmal die Mauer und als sie weg war, fuhr ich dann auch nicht hin.

In der Schule waren Mauern ein dankbares und deshalb leider genauso blödsinniges Kunstthema und so sollten auch wir in der Schule einen Mauerdurchbruch malen, vorne: das zerrüttete Leben der Großstadt und dahinter: der Blick in eine freie Welt, das Paradies. Ich malte liebevoll den Junkie, der gegen eine Wand lehnte, bei der jeder einzelne Ziegelstein aufs Realistischste strukturiert war. Nur mit dem Paradies hatte ich meine Mühe. Mir fiel nichts ein und deshalb ließ ich es weg.

Mein Kunstlehrer wollte mit meinen Eltern reden, woraufhin ich nur noch politisch korrekte Bilder malte, die der Provinzpropaganda dienten, weinende Bäume vor einem explodierenden Kernkraftwerk, und ich an Fasching nicht mehr *Penner*, sondern *Hippie* war, ein Blumenkind zwischen Maisfeldern, von dem es heute noch Fotos gibt.

Es gab keine Mauer, die unser Provinznest von der Stadt trennte, deshalb waren wir auch blöd genug, keinen Tunnel in die Freiheit zu graben oder mit einem Heißluftballon spektakulär die Tennisanlage zu überwinden. Wir stellten uns dumm und für jeden sichtbar an das Ortsschild, um nach Darmstadt zu trampen. Das einzige Auto, das hielt, war das Auto unserer Eltern, das uns zurück brachte, wohl in der Auffassung, wir befänden uns im richtigen Teil des Aquarells, während der Junkie im vorderen Teil des Bildes in traurigen Farben verlief.

Wenn etwas nicht *cool* war, dann das Leben auf dem Land. Und wenn die alten Bundesländer auch glauben, im Osten sei es weit *uncooler* gewesen, das Leben, so wurde der Osten immerhin *cool* an sich, als die Mauer fiel. Die einzige, die das nicht einsehen wollte, war meine Mutter, die mittags bei ihrem neuen Nachbarn aus Sachsen klingelte mit den Worten, sie wisse ja nicht, wie das im Osten sei. Wir im Westen hätten um diese Zeit Mittagsruhe.

Der Nachbar aus Sachsen hatte zugegebenermaßen wirklich Minuspunkte in der Coolnessskala. Man konnte schließlich nicht aus *Texas* flüchten, um in den *mittleren Westen* zu ziehen, weg aus *Saudi* hin nach *Arabien* oder weg aus *Reinheim* hin nach *Roßdorf*. Das ergab keinen Sinn.

Ich habe es immerhin bis Hamburg geschafft, was mir nicht viel nützt. Noch immer kaufe ich mir die falschen Lederjacken, trage zu große Sonnenbrillen und Turnschuhe einer längst vergessenen Marke. Meine Plattensammlung besteht immer noch aus den Raupenabfällen vergangener Tage und während mein Bruder mit schillernden Flügeln über seiner Independentsammlung schwebt, mal *pistepirkko,* mal die *moldy peaches* mit seinem zarten Fühler berührt, und der goldene Blütenstaub durch sein Zimmer rieselt, wälze ich mich mit meinen zwölf Saugnapffüßchen durchs Leben, kaufe mir ein Räuchermännchen, das schon zu Zeiten meiner Oma nicht mehr modern war, und einen Globus, dessen Länder nicht mehr existieren. Abends knipse ich ihn an und manchmal leuchten Städte wie *Ostberlin* oder *Wolgograd* auf. Je nachdem, ob das altersschwache Glühbirnchen den Wackelkontakt überwindet.

Reinheim dagegen taucht noch nicht einmal auf meinem Globus auf und manchmal frage ich mich, ob es den Ort überhaupt jemals gegeben hat.

Vom anderen Stern

»»Ehrlich gesagt, die Idee, dieses Hotel Dolphin zu nennen, stammt auch aus Melvilles Moby Dick. Die Szene mit den Delphinen, wissen Sie.‹ ›Ach so‹, sagte ich. ›Aber wäre es dann nicht besser gewesen, es Whale Hotel zu nennen?‹ ›Wale haben kein so positives Image‹, sagte er mit Bedauern in der Stimme.«
(Haruki Murakami: Wilde Schafsjagd)*

Kürzlich habe ich in einem Hotel ausgestellt. Ich mag Hotels. Ich mochte sie schon immer. Die Leute sind nett zu einem und man muss nie aufräumen.

Der stellvertretende Direktor kümmerte sich um die Ausstellung. Auch er war nett, diese trainierte Nettigkeit, die Hotelleute immer haben und haben müssen. Je mehr Sterne, desto mehr wird gelächelt und ich kann ihnen das noch nicht einmal verübeln. Ich lächle auch immer, obwohl ich keine vier Sterne habe, auch wenn meine Mutter behauptet, ich sei ihr Stern – das wäre dann immerhin einer. Aber über meinen Vater redet sie genauso, *mein*

Stern, und ich bin mir nicht mehr sicher, ob es etwas Positives ist, ein Stern zu sein.

Dabei mag meine Mutter Hotels noch viel mehr als ich. Am liebsten mag sie die Sterne, auch wenn der letzte dafür steht, eine Sauna zu haben, und meine Mutter gar nicht in die Sauna geht. Allein der Gedanke, das Hotel hat etwas, das man noch nicht einmal benutzt, strahlt für sie diesen Hauch von Luxus aus. Und jetzt hängen meine Bilder im Hotel und strahlen diesen Hauch von Luxus aus – keiner braucht sie, aber sie sind da, mein Geist hängt an den schmalen Hotelgängen, der letzte Stern der vier, und wahrscheinlich bin ich noch nicht einmal ein ganzer Stern. Wahrscheinlich teile ich mir den Stern mit der Sauna, zwei halbe Sterne, die weder benutzt noch betrachtet werden, aber sie sind da. Sie sind das, was das Hotel teuer macht und auf das Antlitz des Hotelmanagers diesen Glanz eines Lächeln zaubert, den Hauch von Luxus, das Strahlen des letzten Sterns.

Der Kontakt zum Hotel kam über Eleanor zustande. Eleanor sollte eigentlich dort ausstellen, aber sie musste nach Chile, ihre Mutter besuchen, und so kam der Stern zu mir – ein Wanderstern.

Eleanor sprach auf den Anrufbeantworter, ich solle mich mit einem Herrn Höß in Verbindung setzen. Ich verstand *Hess*, aber der Vorname war Berthold.

Auf der Fahrt nach Lübeck ging ich im Kopf die Anrede durch, *lieber Herr Hess*, ich dachte, *lieber Rudolf Hess*, besann mich aber zum Glück eines Besseren.

Es gibt Hotels und es gibt Motels und dann gibt es noch die dazugehörigen Sterne. Wenn man mit mir verreist, nicht mehr als zwei, wenn man mit meinen Eltern verreist, nicht weniger als vier, wenn man mit meinem Bruder verreist, gibt es tausende, bis man mit Erfrierungserscheinungen im Zeltinneren verschwindet und sich in sibirische Träume zittert.

In Kanada wohnten wir hauptsächlich in Motels, was soviel bedeutet wie: mit dem Auto bis vor die Tür fahren, den Koffer vom Kofferraum aus durch den Eingang aufs Bett schmeißen und sich das dazugehörige Städtchen ansehen.

Die Freundinnen taten es uns nach: parkten vor der Tür, schmissen ihre Koffer ins Zimmer und erlegten dabei zwei Rentner.

Ganz so war es natürlich nicht. Elke schob ihren Rollkoffer ins Zimmer, rollte zu uns zurück, wir fragten, was los sei und Elke meinte, auf dem Bett hätten zwei verschreckte ältere Menschen gesessen. Das Motel war ein *Zwei-Sterne-Motel* und so, wie der vierte Stern dafür steht, eine Sauna zu haben, steht der zweite wohl für den zweiten Schlüssel, der dritte hätte für das Personal gestanden, das den zweiten Schlüssel an den Ehepartner ausgegeben hätte. Aber das Motel hatte nur zwei Sterne und musste wahrscheinlich am Personal sparen.

Heute rief Herr Höß an. Er erzählte, dass Stoiber im Hotel war, so als sei es etwas Tolles, Stoiber im Hotel zu haben. So wie mir kürzlich der Leiter des Hochschulverlags stolz erzählte, Wim Wenders habe mein Buch mitgenommen, und ich mich fragte, wie Wenders einfach dazu kommt, mein Buch mitzunehmen.

Ich fragte auch gar nicht, wie Stoiber meine Bilder

fand, wahrscheinlich fand er sie gar nicht, er suchte sie aber auch nicht, obwohl er tatsächlich eines hätte finden können, denn eines ist heruntergefallen und war völlig hinüber. Sogar die Wand war leicht angeschreddert. Herr Höß meldete es der Versicherung und die Versicherung fragte, warum man es nicht einfach reparieren könne. Ich schrieb zurück: *Weil es kaputt ist*, und dachte, dass es komisch ist, dass die Versicherung denkt, man könne ein Bild einfach reparieren wie ein Auto und sie müssen nur den Klebstoff bezahlen und nicht die ganze Karosserie. Wahrscheinlich können Versicherungen auch nicht mitfühlen mit gefallenen Sternen. Dass es nicht reicht, sie einfach wieder in den Himmel zu hängen, als sei nichts gewesen. Der Stern strahlt einfach nicht wie früher.

Die Rentner in Kanada hatten übrigens ihr Motelzimmer nicht wieder verlassen, zumindest nicht solange wir da waren, wahrscheinlich in ständiger Angst, in ihrer Abwesenheit würde ihr Zimmer vergeben.

Langsam mache ich mir Sorgen, was Wim Wenders gerade mit meinem Buch macht. Ein Film wird es nicht, habe ich in einem Kapitel doch kein gutes Haar an ihm gelassen. Ich hoffe, er hat keinen guten Anwalt, ich habe ihn nämlich nicht.

✶

Das absolute Gehör

Auf dem Briefkasten lehnte ein DIN-A4-Umschlag. Chris nahm ihn herunter und fragte mich, ob ich mich irgendwo beworben hätte. Ich schüttelte den Kopf. »Na ja, auf jeden Fall wurdest Du abgelehnt.«
(Szene im Treppenhaus)*

Ich habe einmal gelesen, dass der Mensch fünfzig Prozent seines Gehirns nicht nutzt. Trotzdem überlebt er und erfindet Dinge wie Synchronschwimmen. Man möchte sich gar nicht ausmalen, was er erfände, wenn ihm sein ganzes Hirn zu Verfügung stünde. Man könnte sich wahrscheinlich gar nicht retten vor unsinnigen Sportarten und Hamsterhängematten mit Südseemotiv.

Obwohl ich kein Hirnforscher bin, denke ich oft über die Struktur von Gehirnen nach, am liebsten über mein eigenes, denn dann brauche ich nicht zu abstrahieren und kann mir simple Gedanken machen über etwas, das nicht hundertprozentig ist. In meinem Kopf herrschen geradezu autobahnähnliche Zustände, was jeden wundert, der mich näher kennt. Ich bin mir beinahe sicher, dass niemand etwas so Geschwindigkeitsbezogenes wie *Autobahn* mit mir assoziieren würde, bin ich doch im eigentlichen Leben eher langsam, während die Ferraris in meinen Gehirnwindungen aus der Kurve fliegen und gegen meine Schädeldecke knallen. Ich kann kaum zuhören, so beschäftigt bin ich mit meinem inneren Nürburgring, und während ich mich frage, ob es wirklich *Nürburg-* oder *Nürnbergring* heißt, spalten sich auch noch die Gedanken, schießt der Ursprungsgedanke an mir vorbei, während der zweite sich mit Belanglosigkeiten aufhält: *Nürburg-*, *Nürnberg-* oder *Überseering*. Mein Ursprungsgedanke rast weiter über die Autobahn, ich stehe am Standstreifen – kein schöner Moment, von seinen eigenen Gedanken überholt zu werden. Mein Gegenüber wird unruhig und seine fünfzig Prozent raten ihm, sich zu gedulden, während ich betrübt überlege, ob auch ich fünfzig Prozent meines Gehirns zur Verfügung habe und mit dieser Überlegung ein dritter Gedanke meine Vorstellung sprengt und ich eigentlich einen Koordinator bräuchte, der meine Gedanken bündelt, ein Prisma, das aus dem Regenbogen wieder reines Licht macht, neutrales Licht, das meinen Gesprächspartner nicht denken lässt, alles, was ich sehe, sei rot, und plötzlich wird es gelb und man könne mir nicht folgen. Ich denke: *Grün* – und los geht's, während ein verblüffter ADAC hinter mir her sieht.

Misstrauisch denke ich mich in meine Gedanken und überlege, ob es wirklich fünfzig Prozent sind, die mir und meinem Kopf zur Verfügung stehen. Was, wenn es nur zehn sind und ich von Raststätte zu Raststätte hetze, mit meinem roten Ferrari, in der Hoffnung, der Straßenplan vervollständige sich, auch wenn ich fünf Raststätten auslasse. Dann gibt es eben kein Dortmund, Düsseldorf, sondern nur Köln; in meiner inneren Landschaft einen einzigen Rastplatz, der für alle steht, so wie für emigrierte Ausländer Hamburg Deutschland ist und sie, nebenbei bemerkt, von Glück reden können, dass sie nie in Stuttgart waren.

Zur mangelnden Leistungsfähigkeit meiner Gehirnzellen gesellt sich seit Neuestem leider auch noch mein zunehmend schlechtes Gehör. Das ist bedauerlich, trifft aber auch andere.

Verwirrt betrachten Chris und ich Filme, von denen uns nicht nur die vielen Haupt- und Nebenstrecken ablenken, sondern eben auch die Worte, die sich in unsere Ohrmuscheln schleichen, leider ohne verstärkt zu werden. Wahrscheinlich bleiben sie einfach hängen und nur ab und zu fällt eines durch den Gehörgang, liegt einsam auf dem Boden der hohlen Nussschale und ruft verzweifelt nach den anderen, schreit nach seiner Geschichte und sieht deshalb zu spät den roten Ferrari, der es platt walzt.

Kürzlich betrachteten wir einen Film, in dem die Hauptfigur der Hausmeister eines Motels war. Der arme Mann hatte seine ganze Familie verloren – *vor acht Jahren*. Vor – dieses kleine unscheinbare Wort verschwand ungehört in den Windungen unseres Innenohrs. Chris verstand *mit acht Jahren*, ich verstand weder *mit* noch *vor* sondern nur *acht Jahre*, Chris sagte, *der Arme, mit acht Jahren seine ganze Familie verloren*, ich fragte *mit acht Jahren Frau und Kinder?*

Ich habe es noch nie verstanden, mit meinen Trümpfen hinterm Berg zu halten. Trotzdem fehlte das eine oder andere Wort, Worte, die aus den Stichpunkten eine Geschichte hätten machen können. Emsig fing mein Straßennetz an, seine Nebenstrecken auszubauen. Kein Mensch ist mit acht Jahren verheiratet, *klug gedacht*, sagte der Gedanke an der Raststätte: *Auch in Amerika nicht*, und so formte mein Gehirn eine achtjährige Zeitspanne, die vielleicht überhaupt nicht existierte, immerhin aber logischer war als Chris' Variante, die ja schließlich *die Frau mit Kindern* überhört hatte.

Wir betrachteten weiter angestrengt den Film. Eine Meerjungfrau tauchte aus dem Motelswimmingpool auf und wurde von bösen Mächten verfolgt. Der Hausmeister versuchte, sie zu schützen – in der Hoffnung, so sein Trauma zu überwinden, schützte und rettete er schon beinahe wahllos, stürzte sich in seiner Not selbst auf Fabelwesen, hätte vielleicht sogar einen Flaschenkorken gerettet, wäre er an ihrer Stelle im Pool hochgeschwappt. Meerjungfrauen waren natürlich geeigneter.

Irgendwann wurde sie allerdings dann doch geschnappt. Sie konnte aber noch gerettet werden, zumindest vermuteten wir das, denn der Hausmeister tauchte hektisch im Pool und nur Retter werden hektisch, so war zumindest unsere Vorstellung von Helden. Kein Held sitzt rum und rettet, Helden werden überaktiv und nervig. Dummerweise haben sie mit dieser Masche auch noch Erfolg, so dass alle rufen können: *Oh, ein Held,* oder: *Was macht denn der Held da an meinem Ferrari.* Für Menschen, die wie wir dieses Ohrenleiden haben: *Er rettet.*

Am Boden des Pools gab es eine Höhle mit Regalen, in denen umgestürzte Gläser standen, die wie Käseglocken Gegenstände bedeckten.

Chris fragte, warum er nicht auf dem Boden suche. Ich fragte, *Boden?* Sie sagte: *Na ja, der Schleim* müsse doch auf dem Boden sein. Ich fragte, *welcher Schleim.* Sie sagte, *der Heilschleim,* und ich solle besser zuhören. Der Hausmeister hob ein Glas auf und griff nach etwas Kleinem, Kantigem. Ich fragte mich, ob wirklich von einem *Heilschleim* die Rede war. Wir betrachteten weiter angestrengt die Bilder und versuchten, uns einen Reim darauf zu machen. Ich überlegte, was Chris gehört haben könnte: *Schleim, mein, sein.* Triumphierend sagte ich: *Heilstein!* Er habe nach einem *Heilstein* suchen müssen. Chris hielt den Zeigefinger an den Mund und sagte, ich solle still sein.

Als der Hausmeister mit dem Stein zurückkehrte, war die Heilerin aus dem ersten Stock damit beschäftigt, die Meerjungfrau am Leben zu erhalten. Chris sagte, also so einer *Esoteriktante* würde sie überhaupt nicht trauen – und jetzt erst fiel mir auf, wie komisch es eigentlich wirken musste, dieser abstrusen Handlung zu folgen: Also, *wenn ich eine Meerjungfrau wäre,* die sich aus dem Pool in das Zimmer des Hausmeisters schleppt, verfolgt von bösen Mächten in Form von Grasbüscheln, die in Wirklichkeit Monster sind, die man nur im Spiegel sehen

41

kann, *wenn ich diese Meerjungfrau wäre*, die, sollte sie durch den Heilstein geheilt werden, abends vom Adler, der bekanntermaßen nur zweimal über dem Pool kreist, gerettet wird, *wenn ich diese Meerjungfrau wäre*, würde ich *so einer Esoteriktante* ja nicht trauen.

Chris sagte, *es klingelt*. Ich starrte auf die Tür des Motels. Chris sagte, *nein, an der Tür*. Ich starrte auf die andere Tür des Motels.

Chris stand auf und öffnete dem Pizzaboten.

Der kleine Junge aus Zimmer Sieben versuchte gerade, die Cornflakespackung nach einer entscheidenden Botschaft zu durchforsten. Irgendetwas war mit dem Heilstein schief gegangen. Die Zeit drängte und die Grasbüschel waren schon in den Kellerfluren.

Chris kam mit der Pizza. Ich sagte, *also wenn ich die Meerjungfrau gewesen wäre, wäre ich im Meer geblieben.*

Chris sagte, das sei typisch für mich, nur nichts überhasten. Sie hatte ja keine Ahnung, welche Wettrennen sich gerade in meinem Kopf abspielten.

❁

Wildpark

Der Otter nahm den hingeworfenen Fleischbrocken und schlug ihn mehrfach auf den Felsvorsprung. Nachdem der Stein nicht unter der Prozedur nachgab, musste er wohl aus Stein sein. Genau wusste man das nie. Die Steinböcke im Tierpark Hagenbeck standen schließlich auch auf Böden aus Pappmaché, ohne durch die Decke zu krachen. Die Illusion eines Gebirges, fest genug, um einen Steinbock zu tragen und doch nur die Idee einer Gebirgslandschaft, ein kleiner Ausschnitt einer Natur, die es inmitten von Stellingen gar nicht geben durfte.

Der Otter schlug erneut zu und hieb mit seiner Pfote

auf das fleischige Etwas, zog es durch das Wasser wie eine kleine Waschfrau, so wie man sich Wäscherinnen im 18. Jahrhundert vorstellt, die es ja auch nicht mehr gibt, die es aber anscheinend nicht wert waren, im Wildpark erhalten zu werden. Die einzelnen Gehege waren Teilausschnitte einer Natur, von der man sich fragte, ob sie in der Realität überhaupt noch existierte. Wahrscheinlich verhielten sich weder die Tiere noch ihre Umgebung so, wie es das natürliche Vorbild tat. Am ehesten vielleicht noch die Otter, die im Wasser spielten, wenn sie nicht gerade mit Waschen und Hauen beschäftigt waren, die alles in allem einen zufriedenen Eindruck machten.

Wir fütterten die Hängebauchschweinchen und betrachteten das Gehege der Wildkatzen, die sich nicht blicken ließen. Eine Frau mit Schubkarre stand vor dem meterhohen Zaun. Auf der Schubkarre lagen Wildschweinfelle, an den Griffen hingen Plastikeimer.

Ich betrachtete die Felle mit leicht ungutem Gefühl, gab es die Schweine ja auch in lebendig und ahnte ich, dass Zoos oder Wildparks ihre Bewohner gerne recycleten, Meerschweinchen an Schlangen verfütterten, Mäuse an Raubvögel. Ich fragte, für was die Felle seien, sie sagte, für Kindergeburtstage – Kinder an Wölfe.

Chris sagte, ich hätte auch Geburtstag, die Frau: Ob ich den Luchs füttern wolle, ich nickte mit leichtem Unbehagen. Die Wildhüterin fragte mich, ob ich meine, ich würde es über den Zaun schaffen – mich an Raubtiere.

Sie griff in den Eimer und holte einen bluttriefenden Brocken Fleisch heraus, den sie mir in die Hand klatschte.

Ich fragte mich, ob das, was ich in Händen hielt, die

sterblichen Überreste des letzten Geburtstagskindes waren, froh, nicht mich in Händen zu halten, froh, nicht selbst über den Zaun zu müssen, dankbar für dieses Missverständnis, holte aus wie ein Speerwerfer und warf das Leichenteil im hohen Bogen in das Gehege.

Chris fragte, was passiere, wenn der Brocken im Zaun hängen bleibe. Die Wildhüterin meinte, *schlecht*. Das würde den Alarm auslösen.

Der Luchs fraß gelangweilt an dem Wurfobjekt. Aus der Sicht des Fleischbrockens musste es deprimierend sein, derart emotionslos verschlungen zu werden. Ich wischte meine Hand mit einem Tempo ab. Sie roch trotzdem nach Kupfer. Angeekelt von mir selbst wollte ich weg, verstand, warum die Otter ihr Essen wuschen, wollte zu Enten oder Mäusen, weg von dieser Mördergrube, hin zum Streichelzoo.

Am Wegrand standen kleine Bäume, Streuobstwiesen und, wie ein Schild erklärte, gepflanzt von der Grundschulklasse 2a, Kindern, die zum Arbeiten gekommen waren, die überlebt hatten, kleine Löcher gruben für Miniaturapfelbäume, argwöhnisch betrachtet von den Wildkatzen, die mit ihren Pfoten ins Gehege winkten.

Wir kamen vorbei an Wölfen und Ziegen, sorgsam voneinander getrennt und doch in angsteinflößender Nachbarschaft, großen schwimmenden Ratten, Nutrias, die meine Mutter als Mantel hatte, wahrscheinlich anlässlich eines Geburtstages ergattert im Wildpark, als sie fünf wurde.

Wir kamen durch ein Drehkreuz und standen in einem Waldstück. Der Wald erinnerte mich an meine

Kindheit, damals, als wir mit unserem Rauhaardackel die immergleichen Rundwege liefen, mein Vater: hundert Meter vorneweg, mein Vater: der Späher, vielleicht in der Hoffnung, uns abzuschütteln, Vater Hänsel, Mutter Gretel. Die aber bildete die Nachhut, mein Vater: vielleicht in der Hoffnung auch unsere Mutter abzuschütteln, die Mutter im Nutriamantel, die jammerte, dass der Weg so weit und der Mantel so schwer sei. Die armen Ratten, die auch im Tod noch nervten, es musste deprimierend sein, so emotionslos getragen zu werden.

Wir kamen an eine kleine Anhöhe. Zwischen den Bäumen tauchten Rehe auf. Ich habe noch nie Rehe in freier Wildbahn erlebt, aber die Wildbahn war ja auch nicht frei. Rehe zwischen den Bäumen, als habe man sie dort hingestellt, und während Chris mit der Schachtel Trockenfutter rasselte, kamen die Rehe näher, als sei das Rascheln ein natürliches Geräusch, rasselndes Gras, für das man sich noch nicht einmal bücken musste.

Auf mich wirkte diese Szene eher gespenstisch, Rehe hatten in meinen Augen überhaupt nichts in der Nähe von Menschen zu suchen, Rehe gehörten in einen tiefen, undurchdringlichen Wald oder waren verzaubert, man musste aufpassen, plötzlich hatte man *Brüderchen* an der Backe oder einen Prinzen. *Bloß nicht füttern*, dachte ich, während Chris das Trockenfutter in den Händen hielt und wir von immer mehr Wild eingekesselt wurden. Zum Glück wollten die Tiere nichts von mir, meine blutdurchtränkte Hand stieß auf Argwohn, immerhin eine halbwegs natürliche Reaktion. Die Bambis sahen mich mit langen Wimpern an und dachten: *Mörder*.

Wir gingen weiter, verfolgt von Rehen.

Als ich kürzlich in der Hauptstadt war, ging ich mit einer Freundin durch den Wald, der an ein Autobahnkreuz grenzte. Es gab wenig, das mich weniger an Natur erinnerte. Abgetrampelte Wege von trampelnden Großstädtern, Reifenspuren von Mountainbikes und all das inmitten eines Geräuschbreis landender Flugzeuge und vorbeirauschenden Berufsverkehrs.

Hier gebe es Wildschweine, sagte die Freundin und so, als sei diese Szene abgesprochen, kreuzten Wildschweine unseren Weg. Zuhause sagte ich zu Chris, ich habe Wildschweine gesehen.

Chris sagte: *Echt? Wildschweine? In Berlin-Mitte?*

Im Tierpark kam die nächste von Kindern gepflanzte Streuobstwiese. Auch hier gab es Wildschweine. Die Reste unseres Trockenfutters landeten in deren Trog. Die Schweine rochen fast so schlimm wie meine Hand. Vielleicht wurden sie deshalb von den Besuchern ignoriert, vielleicht waren sie zu viel Natur. Ich betrachtete die sehnsüchtigen Augen auf der anderen Seite des Zauns. *Die Mauer muss weg*, schienen sie zu flüstern. *Küss mich und ich werde dir das Blaue vom Himmel versprechen.* Wahrscheinlich war es einfach nur ein verkleideter Kindergeburtstag.

Donalds Haus

»Ich bringe also meinen Vogel runter wie üblich, passe auf, dass ich über mein Haus fliege, das ich schon immer ohne große Mühe erkennen konnte, weil ich nämlich einen Dachdecker beauftragt habe, mir in etwas dunkleren Schindeln ein großes breites X zu legen. Ich hab das vor allem für Rita machen lassen, weil sie immer wollte, dass ich ihr aus der Luft zeige, wo unser Haus steht, was ich auch getan hab, allerdings ohne Erfolg, denn sie hat`s trotzdem nie gefunden.«
(Chang-rae Lee: Turbulenzen)*

Von außen sah unser Haus wie ein ganz normales Haus aus, ein Haus, in dem man eine normale Familie bei einem gewöhnlichen Abendessen unter einer durchschnittlichen Küchenlampe vermutete.

In Wirklichkeit sah unser Haus auch von außen nicht normal aus. Man wünschte sich, es habe normal ausgesehen, man glaubt, es sei normal gewesen. Man wiederholt in seinen Gedanken so oft das Gewöhnliche an seinem Heim, dass es irgendwann gewöhnlich wird, obwohl man genau, tief in seinem Inneren, weiß, dass, hätte man ein Kind ein Dach malen lassen, es bestimmt nicht das Dach des Hauses meiner Eltern gemalt hätte und hätte man das Kind das Dach des Hauses meiner Eltern malen lassen, dann hätte es ein halbes Dach gemalt. Ein halbes Dach, entworfen von einem berühmten Architekten, der dafür bekannt war, dass die Häuser nicht aussahen wie normale Häuser, die Eingangstüren nicht am Eingang und die Partykeller nicht im Keller waren. Dächer wurden geteilt und das Dach, das auf der einen Seite zur Hälfte fehlte, tauchte plötzlich unvermutet woanders wieder auf. Wir lebten unter einem halben Dach.

Der Leidtragende war mein Bruder, der sein Zimmer im Dachgeschoss hatte. Die Schräge begann direkt am Boden, um bis zum höchsten Punkt stetig anzusteigen. Dort konnte man immerhin stehen. Wovon man natürlich nichts hatte, denn am höchsten Punkt kam die Mauer, die meinem Bruder das halbe Zimmer stahl.

Jeden Abend mutierte mein Bruder zum Glöckner, gebeugt von der Architektur krabbelte er bis zur niedrigsten Stelle, griff mit lang gestreckten Armen nach seinen Schallplatten, wo eigentlich nur CDs Platz gehabt hätten. Aber die gab es damals noch nicht. Die Architektur war der Musikbranche voraus. *Hast Du sie?*, rief ich in den dunklen Tunnel seiner Kindheit. Er suche noch, hallte die Stimme des Glöckners durch den endlosen Schlauch, ein waagerechter Brunnen, an dessen Ende es immerhin kein Wasser, wohl aber goldene Bälle aus Vinyl gab. Mein Bruder streckte mir die Platte der Beatles entgegen. Ich sah nach dem Poster und obwohl die Beatles darauf weniger pilz- als eher langhaarig waren, faltete ich es ehrfurchtsvoll auseinander und klebte es mit Pattex an die Wand.

Mein Bruder hatte nichts dagegen. Er hatte es mir geschenkt. Die späteren Käufer unseres Hauses hatten etwas dagegen, sie schimpften über die braunen Flecken und tapezierten mein Zimmer neu, ohne die geklebten Signale zu verstehen, mein Zimmer: mit Postern für die Ewigkeit.

Damals lebten wir unter einem halben Dach. Dabei hatten wir noch Glück. Das Haus unserer Nachbarn wurde vom gleichen Architekten gebaut und die hatten noch nicht einmal ein halbes, sie hatten einfach gar kein Dach. Das Haus sah aus wie ein Containerschiff, ein lang gestreckter Flachbau, der in ein wildes Dachspektakel mündete. Die vorne fehlenden Dächer wurden am Ende wüst ineinander geschachtelt, was nicht davon ablenkte, dass sie vorne einfach fehlten. Zu meiner Schulfreundin sagte ich: *Schade, dass ihr kein Dach über dem Kopf habt.*

Wir brauchen kein Dach, wir sind modern, sagte sie.

Wir seien nicht ganz so modern, sagte ich und schaute auf unser halbes Dach. Sie folgte meinem Blick und nickte. *Nichts Halbes und nichts Ganzes,* stellte sie kopfschüttelnd fest. Ich betrachtete unser halbes Dach und dachte, dass die Lüge in unseren Wendehammer zog. Nichts Ganzes, aber halb war es schon. Um genau zu sein, traf der Satz eher auf das Nachbarskind zu, auf das Nachbarhaus, auf das Dach des Hauses der Nachbarn, das Nachbardach. Aber ich war nicht genau und nickte, halb, weil ich wusste, dass sie log.

Zwischen den Häusern unserer Eltern stand das Haus des Frisörs. Es war ein ganz normales Haus und selbst jetzt, wo ich genauer darüber nachdenke, hat sich das Haus des Frisörs nicht geändert. Auf Kinderbildern sieht man hundertfach dieses Haus, das unsere Eltern damals argwöhnisch aus ihren schrägen, maßgeschneiderten Fenstern beobachteten. *Ein Schandfleck*, sagten sie. *Ein Schandfleck,* dachte ich, *aber mit einem richtigen Dach.*

Wenn ich an das Haus meiner Kindheit zurückdenke, habe ich eine sehr genaue Vorstellung, wie es aussah. Ich könnte es bis ins Detail beschreiben, würde ich es nachbauen, wäre es Kunst.

Das stimmt nur zum Teil, denn, wenn ich genauer über diesen Satz nachdenke, habe ich weder eine genaue Vorstellung, wie das Haus wirklich aussah, noch wäre es Kunst, würde ich es bauen.

Ich weiß nicht mehr, ob unsere Treppe einen Teppichboden hatte, wo die Klingel war und wie sie aussah; würde ich es jetzt mit all meinen Gedächtnislücken nachbauen, wäre es im Grunde viel mehr Kunst, als das Haus so zu bauen, wie es war. Auch wenn man gemeinhin annimmt, je besser man etwas könne, desto mehr handle es sich um Kunst, ist es doch vielmehr so, dass ja gerade das Unvermögen, dieses Haus zusammenzubauen, etwas viel Künstlerischeres hat, wollen wir alle hoffen, dass Picassos *Weinende* ganz anders aussah und sie sich nicht in allen möglichen kubistischen Formen um den Hals gesprengt hat, auch wenn sie vielleicht geweint haben mochte.

Als ich kürzlich in den Donald-Duck-Heften meiner

Freundin blätterte, betrachtete ich eingehend Donalds Haus. Die meisten Geschichten fangen mit Donalds Haus an und obwohl ich weiß, dass Entenhausen ein fiktiver Ort in einem fiktiven Land ist, sieht Donalds Haus immer sehr amerikanisch aus. Es sieht amerikanisch, aber es sieht nie gleich aus.

Ich fragte meine Freundin, ob sie aus der Erinnerung Donalds Haus zeichnen könne. Sie sagte, sie könne nicht zeichnen. Sie musste es immer kompliziert machen. Ich fragte, wenn sie zeichnen könnte, ob sie dann Donalds Haus wiedergeben könnte, so wie es war, das Entenhausener Ur-Haus. Am besten redete man mit ihr im Konjunktiv, so gesehen war sie vielleicht Kunst. Im Indikativ wäre sie es nicht. Sie nickte, nichts leichter als das, jeder könne dieses Haus zeichnen, jeder, der Donald Duck kenne.

Ich verglich die verschiedenen Geschichten, in denen das Haus vorkam. Manchmal war der Briefkasten rechts, manchmal links. Mal der Zaun aus Holz, mal aus Stein. Die Bäume, an denen Donalds Hängematte hing, standen immer woanders und es gab acht verschiedene Varianten des Schornsteins.

Ich sagte, das Haus sehe immer anders aus. Sie sagte, jeder renoviere mal.

Ich zeigte auf die alten Bäume im Garten, die nicht so einfach mal umgetopft werden konnten.

Was mich überraschte, war die Tatsache, dass wahrscheinlich wirklich jedes Kind glaubte, Donalds Haus sofort wieder zu erkennen und so wie ja auch Donald in jeder Geschichte den immergleichen Schnabel hatte und nicht plötzlich auf Hundefüßen durch den Garten lief, würde jeder annehmen, dass genau dieser Garten immer gleich blieb, ein gleicher Garten zu einem unveränderten Haus.

In den Geschichten selbst blieb das Haus größtenteils beständig. Ich dachte, es verhielt sich wie der Teil einer Erinnerung, abgeschlossen und logisch, um sich später unmerklich zu wandeln, in der neuen Geschichte ganz anders aussah und irgendwann lag Entenhausen wirklich in Amerika und keiner merkte es.

Zu meiner Mutter sagte ich, *wir lebten damals unter einem halben Dach.* Meine Mutter sah mich mitleidig an und fragte, wie ich denn darauf käme. Sie selbst lebte in einem Haus mit Trauerweide und Swimmingpool. Wir waren reich und ästhetisch voll auf der Höhe. An das Haus des Frisörs konnte sie sich noch besser erinnern – *ein Schandfleck.*

Ich sagte, immerhin habe der ein richtiges Dach gehabt.

Meine Mutter sagte, *wir brauchten kein Dach, wir waren modern.* Dabei waren das unsere Nachbarn. Wir einigten uns darauf, dass unser Haus am Ende eines Wendehammers lag, dass die Nachbarn den gleichen Architekten hatten und das Haus des Frisörs ein Schandfleck war, auch wenn meine Mutter behauptete, der Frisör sei gar kein Frisör gewesen, sondern Blumenhändler. Würde man unsere Erinnerungen zusammenwerfen, so hätte man ähnlich verschiedene Varianten wie alle Geschichten von Donalds Haus zusammen genommen. Auf Folien gezeichnet wäre das Haus unter der Vielzahl der

Linien zusammengebrochen. Gut, dass wir uns nur über die Häuser und nicht über uns unterhielten. Darüber, wie wir damals waren. Man müsste sich ansonsten fragen, ob es uns überhaupt jemals gegeben hatte.

Wunder

Ich habe kürzlich in der Zeitung gelesen, dem Papst fehle noch ein Wunder, dann könne er selig gesprochen werden. Die Rede war vom alten Papst. Der neue lebt noch und hat Zeit, könnte sich aber vielleicht schon ein bisschen umsehen, nach Wundern, nach Zeugen. Der alte dagegen schwirrt irgendwo im Niemandsland der himmlischen Hierarchien und weiß nicht, ob er Maria Magdalena zur Schnecke machen darf oder nicht. Ihm fehlte ein Wunder und es dauerte eine Weile, bis sich eine Nonne erbarmte und zugab, der Papst habe sie von Parkinson geheilt.

Niemand wusste genau, wie die Nonne nun ausgerechnet auf den Papst kam. Es hätte im Grunde jeder gewesen sein können. Aber so sind die Christen. Maria, nach der

Vaterschaft ihres Sohnes gefragt: *Mhm, lassen sie mich überlegen*, es hätte im Grunde jeder gewesen sein können, und auch bei der Teilung des Roten Meeres hatte Moses im Grunde Glück, dass sich niemand einmischte und das Wunder für sich beanspruchte. Die Evangelisten gaben sich gegenseitig ein Alibi, ein einfacher Trick, den auch die Täter im Tatort anwenden: *Wir haben alle zusammen Karten gespielt, als in der Bank eingebrochen wurde.*

Wir haben alle den Dornbusch gesehen. Na, dann wird er wohl gebrannt haben.

Ich las Chris den Zeitungsartikel vor, zeigte ihr das Bild der lächelnden Nonne, aber Chris fragte nur, ob sie den Sportteil haben könne und dass die Nonne doch nur in die Zeitung wolle.

Das haben die Menschen damals von Monica Lewinsky auch behauptet und schon damals konnte ich mir das nicht vorstellen. Ich meine, ist doch peinlich. Mir wäre es schon peinlich, an dieser Stelle zu wiederholen, was sie damals getan hatte, wie peinlich musste es erst Frau Lewinsky sein, die jeden Morgen ihr Gesicht in der Zeitung sah – auf dem Weg zur Arbeit bzw. Arbeitslosigkeit. Ich nehme an, sie arbeitet dort nicht mehr. Sie musste schon viel Geld bekommen haben, denn zu aller Peinlichkeit wusste jetzt auch jeder, dass sie nur hinter dem Geld her war, geldgierig und charakterlos war, oder wie manche eben irrtümlich glaubten, nur in die Zeitung wollte, was ich immer noch bezweifle.

Ich betrachtete eingehend das Bild der lächelnden Nonne. Der Papst habe sie geheilt. Ich meine, damit gibt man eigentlich nicht an. Die Menschen glauben doch, man sei nicht ganz richtig im Kopf. Vielleicht wollte sie dem Papst einen Gefallen tun, vielleicht war sie aber auch intrigant und berechnend, schrieb dem Vatikan, Parkinson sei eine Fehldiagnose gewesen, der Papst habe damit gar nichts zu tun und was sie für ihr Schweigen bekomme.

Womit besticht man Nonnen? Mit den seltenen Euros des Vatikan? Sammeln Nonnen Euros? Ich glaube nicht, dass Nonnen hinter Reichtum her sind, aber eine Euro sammelnde Nonne kann ich mir schon vorstellen. Oder verlangte sie etwa einen Platz im Paradies?

So sah sie allerdings nicht aus. Diese netten kleinen Augen hinter der viel zu dicken Brille, die ich nur von Kunststudenten kannte. *Warum tut sie das?*, fragte ich in das Vakuum unserer Küche und prallte damit nur an den Gedanken meiner Freundin ab, die damit beschäftigt waren zu hoffen, dass Bremen wieder Meister wird und nicht Schalke, obwohl es ja moralisch nicht vertretbar wäre, Schalke die Meisterschaft zu missgönnen, wo sie damals so unglücklich den ersten Platz vergeigten. Trotzdem war sie für Bremen und würde mit diesem Wunsch wahrscheinlich in der Hölle schmoren.

Dann sei halt für Schalke, sagte ich. Ich war schon immer für einfache Lösungen. Chris sah vom Sportteil auf und mich mit einem vernichtenden Blick an. Ob ich noch ganz richtig sei. Sie könne doch nicht für Schalke sein.

Ich sah wieder auf meinen Teil *Aus aller Welt* und meinte, dann bliebe eben nur die Hölle.

War ja nicht mein Problem.

Ich fragte mich, was der tote Papst von der Nonnenvision hatte.

Fehlte mir ein Wunder, würde ich einen Krieg verhindern oder mir einen gut bezahlten und flexiblen Job zuschachern. Ich muss zugeben, die Sachen mit den Fischen oder dem Übers-Wasser-Laufen wären mir zu simpel. Mein Wunder wäre spektakulärer. Ich bin ja nicht David Copperfield. Ich trickse nicht. Es müsste schon irgendetwas Beeindruckendes sein. Ich überlegte, was *Wunder* auf englisch heißt und mir fiel nur *surprise* ein, was mit Wundern überhaupt nichts zu tun hat und ahnen lässt, wie wenig Vorstellung ich vom *Wunder* an sich habe, sind meine Englischkenntnisse ansonsten nicht so schlecht. Gut, mir fiel auch das englische Wort für *Glühbirne* nicht ein, was aber auch schon wieder irgendwie passt, so wenig Ideen, wie vor meinem geistigen Auge aufleuchten. Jetzt weiß ich es, aber mehr Ideen habe ich deshalb trotzdem nicht. *Surprise!*

Mein Opa wollte nach Amerika auswandern. Er stand schon auf dem Schiff, bekam es dann aber mit der Angst und ist wieder umgekehrt. An Land hat er dann meine Oma kennen gelernt. Lange Zeit dachte ich, es sei ein Wunder, dass ich überhaupt lebe. Ein kleiner Sinneswandel meines Großvaters war für meine Entstehung verantwortlich. Dabei war das kein Wunder, es war nur über die Maßen unwahrscheinlich. Ein Wunder wäre es dagegen gewesen, mein Opa hätte hochschwanger das Schiff verlassen, um wenig später mich zu gebären. Meine Mutter wäre gemein ausgelassen worden, würde dann aber auch nicht immer anrufen. Das wäre insgesamt zwar extrem idiotisch, aber es wäre ein Wunder.

Sinnvolle Wunder sind viel schwieriger.

Was wäre für dich ein Wunder?, fragte ich die mir gegenüber sitzende Sportzeitung.

Chris sagte: *Wenn Pauli doch noch aufsteigt.*

Ich sagte, das wäre kein Wunder, das wäre einfach nur unverdient.

Es wäre zumindest eine Überraschung, sagte Chris.

Surprise, dachte ich und betrachtete meine erloschene Glühbirne, deren englische Entsprechung ich vergessen hatte.

Faule Grete, fleißiges Lieschen

»Aufstehn, aufstehn, aufstehn, aufstehn, aufstehn.«
(Musical: Titanic)

Wenn ich gefragt würde, wie faul ich eigentlich bin, würde ich antworten: *Man ist so faul, wie man sich fühlt.* Das gäbe mir so etwas Undurchsichtiges, ist aber im Übrigen genauso gelogen, wie die Frage nach dem Alter. Denn eigentlich ist man schon so alt, wie man ist, und wenn man sich jünger gibt, sieht man noch lange nicht jünger aus. Im schlimmsten Fall wirkt man zurückgeblieben, mit all den Strähnchen und der Vorliebe für Bryan Adams. Im besten Fall wirkt man wirklich jünger, sieht dafür aber älter aus, als man in Wirklichkeit ist. Einer meiner Kunstprofs wirkte jung, viel jünger, als er aussah, sah aber auch älter aus, als er war, wirkte so gesehen so jung, wie er auch wirklich war, vielleicht ein bisschen jünger, aber so alt, wie er aussah, war er einfach nicht.

Man wirkt wie 45, sieht aus wie 60, ist aber erst 50 und hat sich ganze fünf Jahre erschummelt – durch jugendliches Gefasel und das Hören der richtigen Musik – und ich frage mich, ob sich das lohnt, ob das den Kohl fett macht, obwohl man den Kohl gar nicht fett will und der wirkliche Kohl im wahren Leben genauso fett war, wie er sich fühlte, wahrscheinlich.

Dem Kunstprof muss man allerdings zugutehalten, dass er eigentlich gar nicht jünger wirken wollte, als er war. Sein Aussehen war ihm ziemlich egal und eigentlich wusste man sowieso nicht so recht, was er wollte oder vorhatte in seinem Leben. Ich glaube, er hatte keine wirklichen Vorbilder und irgendwie war das auch ganz sympathisch. Zumindest war er fleißig, ich dagegen bin faul, momentan faul, sitze aber nicht faul in der Sonne, sondern faul in der schattigen Küche und denke, mein Gott, wie faul ich doch bin und wie schlecht es ist, faul zu sein. In der Sonne gäbe das ja noch einen Sinn, im Schatten dagegen nicht. Man sollte immer in der Sonne faul sein statt in der Küche. In der Sonne sagt auch kein Mensch was, dann sitzt man an der Strandperle wie hundert andere auch und niemand ekelt sich vor so viel Faulheit, kann ja sein, dass man schon gearbeitet hat, Feierabend, aber in der Küche geht einem die eigene Faulheit auf die Nerven. Am Ende wird man noch angerufen und soll sich um den Klempner kümmern – ob man sich schon gekümmert habe, hat man nicht, warum denn nicht – und man fragt sich, warum man nicht an der Strandperle sitzt, stattdessen in der Küche, zu faul, dem Klempner Bescheid zu geben, dass man zuhause ist und dass er vorbeikommen kann, es ist jemand da, ja, in der Küche. Nebenbei lese ich auch noch einen Krimi und kein gutes Buch, einfach um mich noch mehr zu deprimieren, denn der Krimi ist zudem verdammt brutal, den Opfern werden die Augen ausgestochen und so sitze ich jetzt rauchend in der Küche und denke dabei an leere Augenhöhlen.

Eine Katze betrachtet mich durch das Küchenfenster. Katzen haben, glaube ich, ziemlich gute Augen. Sie sieht mich, obwohl ich im Schatten sitze, dann sieht sie an mir hoch und blickt mir intensiv in die Augen. Das ist ihr noch nicht einmal peinlich. Den Hunden meiner Eltern wurde es immer irgendwann peinlich, wenn sie einem in die Augen sahen und guckten dann verlegen weg. Bei Katzen scheint das anders zu sein. Stattdessen wird es mir langsam peinlich, wie die Katze mich anstarrt.

Ich habe gehört, man soll ihnen nichts geben, sonst wird man sie nie wieder los. Jeden Tag dieser Katzenröntgenblick auf mein faules Leben, das würde mir gerade noch fehlen.

Die Katze fängt an zu miauen, ich vermute zumindest, sie miaut, wir haben nämlich ziemlich gute Fenster, man hört nichts und wie im Stummfilm bewegt sie ihren Mund, was irgendwie passt, so schwarz-weiß, wie sie ist.

Ich glaube auch, dass sie sich einfach mit dem Balkon geirrt hat, dass sie zu den neuen Nachbarn gehört, die neben uns eingezogen sind, vielleicht doch nicht so gute Augen hat, denn die Nachbarn sehen ganz anders aus.

Als ich einmal einer Galeristin meine Mappe zeigte,

war diese erstaunt, wie fleißig ich sei; ich fragte mich, wie sie das meinte, konnte aber schlecht fragen, wie sie das meint – es ist ja schön, wenn sie das denkt, auch wenn ich glaube, dass sie zwar meint, was sie denkt, aber nicht sagt, was sie meint und denkt, und dass sie das mit dem Fleiß nur gesagt hat, damit sie nichts über die Bilder sagen muss, die ihr am Ende nicht gefallen. Letztendlich weiß sie aber, wie sensibel Künstler sind, am Ende erhängt er sich, wenn man die Bilder runterputzt, und sie ist schuld oder die Letzte, die den Künstler lebend gesehen hat. Ein bescheuerter Gedankengang, den ich mit Sicherheit meinem schlechten Krimi zu verdanken habe, denn vor meinem inneren Auge hängt der Künstler mit leeren Augenhöhlen am Dachbalken.

Neben meiner Faulheit lese ich jetzt also auch brutale Krimis, obwohl ich vor Jahren American Psycho las und mir damals versprach, so etwas nicht mehr zu lesen, dass es meinem Gemüt eher schadet, aber scheinbar zählen meine Versprechen nichts.

Ich denke an meinen alten Kunstprof und daran, ob es ihm wirklich egal war, wie er aussah, oder ob er einfach zu faul war, sich über sein Aussehen Gedanken zu machen.

Auf dem Küchentisch liegt das Telefon. Eigentlich müsste ich den Klempner anrufen. Ich glaube, meine Mutter hätte die Sache mit dem Klempner auch ignoriert, nicht aus Faulheit, sondern weil sie darauf vertraut, dass sich Dinge von selbst lösen. Mein Vater ist genau das Gegenteil, er erledigt die Dinge schon, bevor sie überhaupt auftauchen, allein die Möglichkeit, dass sie es tun könnten, würde ihn den Klempner anrufen lassen, bevor die Heizung tropft, es könnte ja sein, dass sie es noch vorhat und dann hätte er schon mal angerufen.

Ich habe vorhin im Lexikon gelesen, dass es ein Gewehr gibt, das *faule Grete* heißt; eigentlich suchte ich nach dem umgangssprachlichen Wort *Faulbär*, nachdem ich es nicht gefunden habe, vermute ich, dass es das Wort nicht gibt und einfach eine Erfindung von Chris war, die wiederum mich gerne so nennt. Nachdem es sich dabei aber um ein nachweislich fiktives Wort handelt, muss ich es auch jetzt nicht mehr auf mich beziehen, es sei denn, ich wäre eine reine Erfindung, aber so lebe ich immer noch in der Hoffnung, eines Tages ein fleißiges Lieschen zu werden. Ich wundere mich trotzdem, warum man Gewehre *faule Grete* nennt und nicht *emsiger Paul* oder *fleißiges Hänschen* – wer vertraut schon Schusswaffen mit derartig merkwürdigen Adjektiven, der Soldat, der ruft: *Du faules Stück, jetzt schieß endlich* – aber in Zeiten der biologischen Waffen hat man wahrscheinlich auch keine Gewehre mehr, meistens weiß man noch nicht mal, wer der Feind ist.

Das Land des Lächelns

»Barbara lächelte. Mona Lisa war die Offenheit in Person im Vergleich zu ihr.«
(Richard Powers: Das Echo der Erinnerung)*

Wenn mir etwas nicht schwer fällt, nie schwer gefallen ist, dann ist das, bei jeder sich bietenden Gelegenheit zu lächeln. Ich lächle eigentlich immer, ohne Anlass, wahrscheinlich lächle ich sogar am Telefon, ich lächle, wenn ich einen Brief schreibe und ich grinse Hunde auf der Straße an, wenn ich sie kenne, und sie bellen zurück, weil sie das anscheinend nicht tun oder weil sie deutsch sind und diesen Gesichtszug von ihren Herrchen nicht kennen.

Ich lächle auf Fotos, wenn der Fotograf sagt, ich solle lächeln, und ich lächelte auf dem Foto, von dem eine Künstlerin forderte nicht zu lächeln, weil auf Kunstfotos nie gelächelt wird. Ich lächelte also nicht und wir betrachteten das Resultat, von dem Sabine meinte, irgendetwas stimme nicht, ich sehe nicht wie ich aus. Ich lächelte und zuckte mit den Schultern. Niemand sieht immer wie sich oder mich aus.

Auf einer Eröffnung grinste ich eine Frau an, die mich sofort fragte, woher wir uns kennen, und verwirrte sie, als ich zugeben musste, gerade das nicht zu tun, *wir kennen uns nicht*, die an sich wohlmeinende Mimik in einer nichts meinenden Irritation endete, die sie erschreckte und mich verunsicherte, was mich leider noch mehr lächeln ließ, und sie sich deshalb beinahe verfolgt sah. Unruhig blickte sie sich um, ob vielleicht noch mehr Lächler in diesem Raum waren, Stalker, die schon zuhause auf ihrer Mülltonne standen und in ihr Bad lächelten, grinsende Gesichter, die sich in ihrem Fernseher spiegelten, und wenn sie abends in ihrem Bett lag, warf der Mond einen Schatten auf ihr Bett, einen Smiley, wäre ich eine Strichzeichnung – bin ich aber nicht.

Unruhig suchte sie nach meinen Komplizen und erleichtert sah sie in die ernsten Gesichter der anderen. Ich ist ein Anderer und ich war zum Glück alleine. Man lächelt nicht auf Eröffnungen. Ich war die Einzige, die sie so blöd angrinste.

Wenn ich an der Garderobe meines Arbeitsplatzes eine Jacke zurückgebe, höre ich die anderen Angestellten tuscheln, *die lächelt ja immer noch*, so als sei etwas Einschneidendes passiert, als habe einem irgendetwas das Lächeln gründlich verdorben, als sei allein schon die Tatsache, hier stehen zu müssen, Grund genug, die Jacken auf den Tresen zu knallen, in der Hoffnung, das in der Jackentasche befindliche Handy werde beim Aufprall zerschmettert, oder den Gast gleich mit einem Blick anzusehen, dass er es gar nicht erst wagt, einem die Nummer hinzuhalten. Die Kollegen verschränken die Arme und sehen ihm tief in die Augen, die Mundwinkel nach unten gezogen, jederzeit bereit zu einem Machtkampf. Der Gast ist auch nicht blöd und schiebt die Nummer zu mir, gibt aber den Kollegen das Trinkgeld.

Ich vermute, aus purer Angst, mich wähnen sie ja schon auf ihrer Seite, aber die Kollegen müssen sie bestechen – wer weiß, vielleicht kommen sie ja wieder und dann bekommen sie nicht nur ihre Jacke nicht, dann bekommen sie auch nicht die Jacke ihrer Frau, die sie dann böse ansieht, die Mundwinkel nach unten gezogen, bereit zu einem Machtkampf.

Manchmal frage ich mich, ob die Mona Lisa so berühmt geworden wäre, wenn sie nicht gelächelt hätte. Wahrscheinlich wäre es ein ganz normales Portrait, neben all den anderen Portraits aus jener Zeit. Das aber, was den Leuten im Gedächtnis bleibt, was die Mona Lisa ihrer Ansicht nach von all den anderen Bildern unterscheidet, ist ihre *mysteriöse Art* des Lächelns. Irgendjemand musste ausgerechnet dieses Merkmal hervorgehoben haben und ich frage mich, ob länderübergreifend nicht gelächelt wird. *Gut, sie lächelt*, würde der Amerikaner unbeeindruckt feststellen. Weil aber die Mona Lisa gemalt wurde, als der Amerikaner noch sein Land suchte, hält er sich mit seinem Kommentar zurück, bewundert europäisch die Art und Weise, *wie* sie lächelt, während die leise Skepsis an dieser Besonderheit genau so lange durch sein transatlantisches Hirn schwappt, bis er erfährt, wie teuer die Mona Lisa ist und das Geld seine letzten Zweifel hinwegpustet. Im Grunde weiß ich nicht, was am Lächeln *mysteriös* sein soll, neben all den anderen Kriterien, die ein Kunstwerk zum Kunstwerk machen. *Was sollen diese abartig verzerrten Gesichtszüge*, fragen sich die Kunsthistoriker und suchen den tieferen Sinn in einer Mimik, die auf jedem Urlaubsfoto erwartet wird, um sie in der Kunst zu hinterfragen. *Warum*, fragen sich die Besucher und *warum*, denkt die Garderobe im Louvre und knallt die Jacke auf den Tresen, die Mundwinkel nach unten gezogen, in der Hoffnung, das in der Jackentasche befindliche Handy werde beim Aufprall zerschmettert.

Ich wurde zumindest im festen Glauben erzogen, das Lächeln an sich sei eine wohlmeinende, freundliche Geste, und musste mittlerweile feststellen, dass dieser Gesichtsausdruck bei anderen beinahe panikähnliche Zustände auslöst, mein durchaus freundlich gemeintes Ansinnen scheint für andere nur ein Zeichen absoluten und grotesken Kontrollverlustes der eigenen Gesichtszüge. Eine seltene Krankheit oder geistige Verblödung, vielleicht aber auch nur ein simpler Schlaganfall, lautet die Deutung meiner Gesichtszüge. Menschen betrachten mich nicht ohne Bedauern und ich wundere mich, dass man diese Diagnose noch nicht über die Mona Lisa gefällt hat – obwohl man Diagnosen gemeinhin stellt und nicht fällt, sehe ich die Mona Lisa auf dem Richtblock der Geschichte, in der der Richter fragt, ob sie das Gericht wohl komisch finde und ein sehr ernstes Fallbeil auf sie fällt und nicht stellt.

Kann ich für Sie noch irgendetwas tun?, rufe ich von meinem weißen Sandstrand. Und der Gast ruft zurück:

Nein, nehmen Sie nur die Jacke und verschwinden Sie - bitte, während um ihn herum die Kokosnüsse gefährlich im Wind schaukeln.

Am schlimmsten ist es, wenn man anfängt, Kinder anzulächeln. Die Kinder lächeln zwar freudig zurück, aber die Mütter zerren sie von der Schaukel, reißen ihnen fast die Arme aus den Gelenken, aus Angst, ich würde das Kind gleich in meinen Eiswagen zerren, um es später in meiner Höhle anzuketten, an seinem ausgekugelten Arm, an seinem Armstumpf, dessen Ende noch an Mama hängt. Eine irgendwie widerliche Vorstellung und ein Zeichen, dass ich zu viele schlechte Filme sehe, die ich übrigens sehr ernsthaft verfolge.

Ich frage mich manchmal, was der Deutsche im Urlaub macht. In Amerika dürfte er nichts kaufen und in Thailand überhaupt nicht das Hotel verlassen. *Haben Sie mich gerade ausgelacht?*, würde er die arme Kassiererin im Wal-Mart fragen.

Nein, ich wollte nur wissen, wie es Ihnen geht.

Mir geht es beschissen, würde der Deutsche antworten. *Das freut mich*, antwortet die Kassiererin, die derlei Antworten nicht gewohnt ist. Die Kassiererinnen sammeln sich an den Hotelstränden und wenn sie ordentlich an den Palmen schütteln, fallen ein paar Deutsche runter, die sie missmutig anstarren und behaupten, sie hätten ihnen gerade den Arm gebrochen. Was nicht ganz stimmt, kaputt war der Arm schon seit der Kindheit.

❧

Namen sind Schall und Rauch

»Selbst den berühmtesten Künstlern gelingt es nicht, wirkliche Anerkennung zu erlangen. Man denke nur an Björk und Mathew Barney. Als Musikerin ist sie nicht annähernd so berühmt wie Shakira. Er hingegen gilt längst als ›der wichtigste amerikanische Künstler seiner Generation‹. Doch auf der Straße würde der Durchschnittsbürger fragen: ›Wer ist der reizende junge Mann mit dem schütteren Haar und dem Kind? Ist das Herr Björk?‹«
(Marc Spiegler: Frau Lennon und Herr Björk)*

Wir saßen an einem großen, runden Tisch. Der Einzige, der unter dem Tisch saß, war der Hund, und ich fragte mich, ob für einen Hund ein Tisch ein Tisch war oder eher ein Haus, ein Haus mit vier Ausgängen und Wänden aus Beinen.

Er bewachte die Ausgänge auch nicht. Er lehnte sich abwechselnd an die warmen Wände und ließ sich streicheln. Er war noch sehr jung, im Alter hätte er sich vielleicht vor die Ausgänge gestellt und gebellt, aber er war noch nicht alt.

Obwohl er schon sehr groß war, würde er noch größer werden und anders als die kleinen Hunde, die wussten, dass sie nicht mehr wuchsen und alles anbellten, was sich bewegte, die wussten, dass sich nichts mehr änderte und deshalb schon in der frühen Jugend ein im Grunde frühreifes Benehmen an den Tag legten, wie die Klassenschönlinge aus den diversen Stadt- oder Dorfschulen, die ebenfalls spürten, dass sie nicht mehr schöner wurden, die anbellten, was sich bewegte, war dieser Hund an meinem Bein sehr gelassen.

Es war ein Freitagabend nach einem Punktspiel. Die Tischtennisspielerinnen saßen mit ihren Trainingsanzügen an dem runden Tisch und es wäre sehr schwer gewesen herzuleiten, was sie im wahren Leben taten. Die Frauen der gegnerischen Mannschaft sahen für mich alle sehr durchschnittlich aus. Von den Frauen der eigenen Mannschaft wusste ich, was sie im wahren Leben taten und deshalb sahen sie für mich nicht durchschnittlich aus, sie sahen für mich speziell aus, obwohl die Berufe wiederum gewöhnlich waren, sahen sie für mich doch wieder ungewöhnlich aus, voneinander unterscheidbar, während ich in den anderen nur Hausfrauen erkennen konnte, was natürlich ungerecht war, und ich es auch nicht leiden kann, wenn die Leute ein bestimmtes Bild von mir haben, glauben, jeden Pinselstrich an mir zu kennen, denken, ich sei bescheuert, nur weil ich bescheuert gucke, dabei bin ich nur verwirrt und da ein verwirrter Blick genauso gemalt wird wie ein bescheuerter, sah ich in diesen Frauen Hausfrauen, die sie mit Sicherheit nicht waren.

Bei einer Ausstellung erklärte mir jemand, er habe mir dieses Bild nicht zugetraut und vielleicht könnte man stolz sein, stolz, die Erwartung übertroffen zu haben.

Auf dem Bild war allerdings nur ein Eichhörnchen, kein Meisterwerk, ein kleines Tier mit großen Augen, ein Bild, das so ungefähr jeder hinbekommen hätte, eines, das man mir nicht zutraut, so dass man sich ja wirklich fragen muss, was von einem gedacht wird, und zwar bevor man jenes Bild betrachtet, das einem nicht zugetraut wurde, das aber letzten Endes überhaupt nichts Besonderes war. *Mensch, gar nicht so schlecht,* dröhnte es in meinem Ohr, eine Aussage, die ich noch nicht einmal übel nahm, obwohl ich selbst immer versuche, höflich zu bleiben und zu den Frauen am Tisch ja auch nicht sagte, *Wow, Sie haben einen Beruf, das hätte ich Ihnen gar nicht zugetraut.*

Ich hörte den anderen zu und streichelte den Hund. Ob man sich noch an Martin erinnern könne, fragte eine aus der Runde. Die Runde nickte. Alle kannten Martin, nur ich kannte Martin nicht, fragte aber auch nicht: *Wer ist Martin*, ahnte, dass die Geschichte zu komplex war, denn so, wie alle johlten, *wisst ihr noch: Martin*, schien Martin ein besonders schräger Vogel zu sein.

Martin habe immer alles geglaubt, man konnte Martin dermaßen hinters Licht führen, wie keinen anderen, er habe sogar geglaubt, dass Kerstin gerade ihren Doktor in Physik mache. All das habe Martin geglaubt. So beknackt war Martin.

Ich konnte der Geschichte nicht folgen, war es doch eigentlich nett von Martin, Kerstin ein schwieriges Studium zuzutrauen, und wusste jetzt auch nicht, warum ausgerechnet Kerstin lachte.

Ob so ein Hund nicht viel Arbeit mache, fragte eine der Gegnerinnen. Doch schon, aber man fühle sich sicherer, habe weniger Angst vor Einbrechern. Ob man bei ihr etwas stehlen könne, fragte die eine, *einen Picasso,* sagte die andere, *oder einen Neo Rauch,* ergänzte die Dritte.

Ich blickte kurz vom Hund hoch, um zu sehen, wer hier in dieser Runde Neo Rauch erwähnte. Meiner Freundin entging die Sache mit Neo Rauch ebenfalls nicht und sie fragte, woher sie Neo Rauch kenne.

Immerhin sagte sie nicht, also das habe sie ihr gar nicht zugetraut – Bildungswissen, also jetzt sei man doch überrascht, nicht nur einen Beruf, auch noch gebildet – sie sagte, *woher kennst du Neo Rauch,* und noch nicht einmal das sagte sie, sie fragte, ob sie in Kunstkreisen verkehre, und die Frau verneinte und antwortete, na, den kenne doch jeder.

Ich sagte nichts, was ein bisschen gemein war, und meine Freundin sagte, *jetzt sag doch was,* aber ich sagte nichts.

Die Hundebesitzerin am anderen Ende des Tisches fragte, *Neo wer?,* und ihre Nachbarin flüsterte, *sag einfach, dass du ihn kennst.*

Chris ließ nicht locker, sie glaube nicht, dass hier irgendjemand Neo Rauch kenne, und die Frau schaufelte fleißig weiter an ihrer Grube – aber den kenne doch wirklich jeder, Neo Rauch nicht zu kennen sei schon geradezu ignorant, der stehe doch in jeder Zeitung – wobei ich dachte, er stehe nur in speziellen Zeitungen, in der

Monopol oder der *Sonntags-FAZ,* sahen die Frauen für mich doch eher normal aus, Hausfrauen, die sie mit Sicherheit nicht waren.

Sie sagte, Neo Rauch stehe überall und bemerkte kleinlaut, sie glaube, sie habe es in *der Zeit* gelesen.

Wenn man sich fragt, was *Allgemeinbildung* eigentlich bedeutet, kommt man vielleicht zu dem Schluss: in speziellen Bereichen *allgemein* gebildet zu sein. Man erwartet von Informatikern nicht, Künstler zu kennen und von mir nicht, mathematische Gleichungen zu lösen, ich erwarte von Künstlern, Künstler zu kennen und von Hausfrauen Häuser und auch da nur ihre eigenen Häuser und nicht die Häuser der anderen. Künstler stehen in der Bekanntheitshierarchie sowieso besonders weit unten. Niemand würde Polke auf der Straße erkennen, niemand würde ihn im Museum erkennen, niemand weiß, was Polke überhaupt gemacht hat, niemand würde wissen, dass Polke ein Name ist, es sei denn, er hätte Madonna geheiratet, dann wäre er immerhin der Mann von Madonna, Herr Madonna.

Würde man sich aus dem Fenster lehnen und sagen, also Polke kenne doch wirklich jeder, würden die Menschen fragen, wie lange er schon tot sei, denn zur Allgemeinbildung gehört, dass Künstler, berühmte Künstler, gestorben sind, um berühmt zu werden. Das heißt, gestorben sind sie so, berühmt wurden sie später.

Neo Rauch taucht mittlerweile wirklich in beinahe jeder Zeitung auf. Ich saß beim Arzt und beim Blättern in der *Brigitte* stieß ich auf einen Artikel mit der Überschrift: *10 Dinge, die man über Neo Rauch wissen sollte.*

Zunächst merkt man sich natürlich den Namen, was nicht die *Brigitte*, sondern ich rate und was oft schon reicht, um als halbwegs sozialisierter Mensch wahrgenommen zu werden. Die restlichen Punkte sind Luxuspunkte, jene, die einem das Gegenüber nicht mehr zutraut, die aus den Frauen Kunstliebhaber machen, die nicht nur ihre eigenen vier Wände kennen, sondern auch das, was dranhängt.

Neo Rauch stellte in Wolfsburg aus. Wir fuhren hin, fuhren in eine Stadt, die man sich hässlicher kaum ausmalen konnte, eine Trabantenstadt ohne Trabis. Es war ein Sonntagmittag und die Stadt war völlig ausgestorben, eine Geisterstadt, durch die ausschließlich VWs fuhren, ohne Fahrer, eine Autostadt bewohnt von Autos. In den kleinen Glaskästen der Fußgängerzone saßen Polos und Golfs und tranken Bier. Wir aßen Pizza, während ein Passat misstrauisch zu uns rüber sah, kommen wohl nicht von hier, billige Japaner, die Wolfsburg fotografieren.

Wir sahen auf die Fußgängerzone, verstörte Menschen gingen in kleinen Grüppchen und suchten das Museum.

10 Dinge, die man über Neo Rauch wissen sollte. Eines davon wäre, dass er Glück hatte, nicht im Automuseum zu hängen, ein Trabi in typischen Ostfarben. In hundert Jahren, wenn Wolfsburg wahrscheinlich gar nicht mehr existiert, wenn Neo Rauch nicht mehr existiert, wird eine neue Frauenzeitschrift in den Arztpraxen liegen und im Jahrhundertrückblick dröhnen: Namen sind Schall und Rauch war auch mal einer.

✶

Das Tor zur Welt

»Die Bergstraße sei ihm schon fremd genug, nichts sei ihm fremder als sie. Die Heimat sei immer das Fremdeste. Wer die Welt kennenlernen will, sollte lieber daheimbleiben.«
(Andreas Maier: Wäldchestag)*

Tatsächlich dachte ich anfangs, das tiefe, tutende Geräusch, das manchmal durch unsere doppelt verglasten Fenster drang, stamme von einem der vielen LKWs, die sich täglich durch die Stresemannstraße schoben.

Ich sah aus dem Fenster auf die gegenüberliegende Häuserfront, auf die *Titanic*, eine Kneipe, die im Berufsverkehr mit den ersten Gästen unterging, sagte, da sei gar kein LKW, und Chris fragte, wovon ich überhaupt rede. Es tutete erneut und ohne die Frage beantworten zu müssen, hielt ich den Finger in die Luft, wie damals im Wald, als ich gefangen im Blätterberg des Landlebens meinen Abiturientenfinger in die kalte hessische Luft stach und zu meinem Vater sagte, *hörst du?* Und mein Vater sagte,

81

er höre nichts. Und ich antwortete, dass das der Flieger sei, den er mit seiner Wählerstimme heraufbeschworen habe, während der gelbe *Keine Startbahn West*-Button sinnlos an meinem Anorak pinnte.

Ich bohrte meinen Finger in die Hamburger Zimmerluft und fragte, *hörst du?* Und Chris nickte, sagte, das sei aber kein LKW, das sei ein Schiff.

Obwohl die Elbe nicht allzu weit von unserer Wohnung entfernt ist, wähnte ich sie doch weit genug, dass man die Schiffe nicht mehr hörte.

Ich sah in den kalten hanseatischen Himmel und beobachtete eine Möwe, die kreischend über die Laternen flog und sagte, dann treibe unser Haus ab.

Als ich nach Hamburg kam, war diese Stadt für mich ein großes Puzzle aus fremdartigen Einzelteilen, die im Grunde alle blau waren. Man könnte denken *Himmel*, und wie schwer es ist, eine einheitliche Fläche aus gleich aussehenden Teilen zu formen. Heute weiß ich *Wasser*, was die Sache aber auch nicht einfacher macht. Wo in anderen Städten die Innenstadt mit ihren trostlosen Fußgängerzonen das Bild der Stadt ergibt, liegt in Hamburg die Alster, die ein Stadtbild formt, das nur Hamburg sein kann.

Deutschland sei ganz anders, als sie es sich vorgestellt habe, sagte eine spanische Arbeitskollegin zu mir und ich antwortete, das hier sei ja auch nicht Deutschland und deutete mit einer unbestimmten Bewegung Richtung Hafen.

Ich habe lange gebraucht, um mir ein halbwegs realistisches Bild von dieser Stadt und ihren Bewohnern zu machen. Letztendlich bin ich kein besonders visueller Mensch, der die Dinge sieht, um sie zu begreifen.

In meiner Jugend hatte ich einen Schulfreund, der mir das auf dem Land so wichtige Auto reparierte. Er öffnete den Motorraum und riss mit seinen groben, hessischen Händen Kabel heraus, metallene Kleinteile, die sich auf den trostlosen Landstraßen meiner Jugend verteilten und liegen blieben, wo sie waren, kein Verkehr, der sie hätte zerstreuen können, kein Großstadtdschungel, der mit seinem Müll die Ordnung durcheinander brachte.

Die hessische Welt blieb, wie sie war, und wenn man sie sortierte, funktionierte sie auch wieder.

Er schraubte und hämmerte und als ich ihn besorgt fragte, ob er den Motor wieder hinbekomme, so, wie er war, sagte er, man müsse sich die Dinge nur *ansehen*, dann begreife man auch, wie sie funktionierten.

Ich dagegen betrachte die Dinge und sie bleiben für mich abstrakt. Der in Hamburg so oft vorkommende Autoaufkleber, eine abstrakte kleine Wurst, die sich neben dem Nummernschild dahinbiegt, eine ausgefranste Kochwurst, Frankfurter – wir Hessen denken oft ans Essen. Ein Würstchen, oder wenn ich meine Hirnzellen strapaziere: *Die Alster*, neben dem Hamburger Nummernschild, von dem ich nicht wusste, für was das erste *H* stand, auf einer Straße, die wahrscheinlich direkt ins Meer führte.

Ich betrachte die Dinge und versuche, den Motor zum Laufen zu bringen, höre die Worte und versuche, den Sinn zu erkennen, frage nach der nächsten *HaSchpa* und der Hamburger korrigiert *Haspa*, ich frage *Sparkasse?*, und er lacht: *Schparkasse* und betont nochmal für uns zurückgebliebene Dorfhessen das *Sch*, obwohl man ausgerechnet diesen Laut dem Hessen nicht gerade erklären muss.

Das kann der Hamburger natürlich nicht wissen. Bekanntermaßen bleibt er in seiner Stadt und fragt mich deshalb unverhohlen, ob ich aus Sachsen komme. Auf mein tief gekränktes *Warum* zuckt er mit den Schultern: Ich rede so komisch.

Worauf ich denke, *Depp*, eigentlich *Arsch*, aber die Sache mit dem *Sch* hat mich vorsichtig werden lassen.

Ich sage nicht mehr *Hamburger Mischel* und denke nicht mehr *Schell-Tankstelle*. Innerlich lispelnd versuche ich zu überleben, sehe aus dem Fenster, höre das Tuten und denke, *ah, ein Siff*.

Das einfache Wörtchen Aschenbecher geht mir nicht mehr locker von den Lippen, krampfhaft suchen meine Hirnzellen nach Synonymen, während ich auf den Boden *asse* und der Hanseat mich für asozial hält, einen sächsischen Asi, und ich schwitzend das Wort asozial forme und mich frage, wo in *sächsisch* das *Sch* zu finden sei.

Kürzlich bewachte ich bei meiner Arbeit im Museum den *Hamburger Gang*. Bilder, von Hamburger Künstlern gemalt, Künstlern, die in Hamburg lebten und in Hamburg starben. Die Bilder waren blau.

Eine Besucherin fragte mich, ob das nun Bilder von Hamburg oder Bilder von Hamburgern seien. Nachdem der Hamburger seine Stadt ja nicht so recht verlassen will, malt er natürlich das, was er sieht. Ich sagte, das sei dasselbe. Die Frau fragte: *Escht?* Ich sagte, sie käme wohl nicht von hier.

In Hessen nennt man das: *die Rache des kleinen Mannes.* Wie es hier heißt, habe ich noch nicht herausgefunden. Wahrscheinlich gibt es hier keine kleinen Männer zwischen all den norddeutschen Hünen. Ich betrachtete die Bilder des *Hamburger Gangs.* Portraits, Schiffe und natürlich die Alster. Die Portraits waren selbstredend Hamburger Kaufleute, denen die Hamburger Schiffe gehörten, der Blick auf die Alster war der Blick von den Grundstücken der Hamburger Kaufleute, denen die Schiffe gehörten, auf die Schiffe, die sie besaßen und die sie mit ihren nordischen blauen Augen stolz betrachteten. Natürlich waren all die Bilder Bilder von Hamburgern über Hamburg. Nur ein Sachse konnte so eine blöde Frage stellen.

Ich überlegte, ob es in einem hessischen Museum einen *Hessischen Gang* gab, ob der Frankfurter nur Frankfurt malt, ob die Portraits im *Städel* Portraits von Frankfurter Bankern waren, die Ansichten des Mains, der Ausblick der Frankfurter Banker von ihren Tresoren auf das Geld der Welt, ob es Wolkenbilder gab, die die Bankkaufleute von ihren Banktürmen in Auftrag gaben, den Zinnen des Kapitals, ein abstraktes blaues Puzzle, das ähnlich schwer zu puzzeln war wie das Hamburger Wasser.

Dabei malte Caspar David Friedrich Wolken und wenn jemand viele Friedrichs besaß, dann war das die Hamburger Kunsthalle.

Eines davon wurde allerdings gestohlen. Ob die Aufsichten fahrlässig waren, fragte ich meine Arbeitskollegin. Sie korrigierte mich: Nicht die Hamburger hätten sich das Bild klauen lassen, sie hätten es den Frankfurtern geliehen. Von dort kam es nicht zurück. Sie sagte, *diebisches Waldvolk* oder dachte das zumindest. Das Bild habe Hamburg verlassen und man sehe ja, wo so was ende.

Ich überlegte, ob vielleicht ein Frankfurter Banker den Diebstahl in Auftrag gegeben hatte. Einer, der Wolken liebte. Vielleicht war es sogar der oberste Chef. Banken, sagte ich und tippte innerlich auf meinen *Startbahn West*-Button, seien ja mitunter die größten Verbrecher. Da sei der Chef nicht anders als der kleinste Filialleiter. In Hessen habe man dafür ein Sprichwort. Die Aufsicht nickte: *Der Fisch fängt am Kopf an zu stinken.*

Ich dachte eher an: *Wie de Herr so's Gescherr,* wollte die Sache aber nicht komplizierter machen, als sie war.

Ich sehe immer noch öfters aus unserem Fenster auf die Stresemannstraße. Manchmal fühle ich mich wie ein Rentner, ein alter hessischer Rentner, der auf die große Flut wartet, die Eckkneipe betrachtet, die sich als einziger Laden seit Jahren hält und nicht, wie der Name orakelt, sang- und klanglos untergeht.

Ich sehe auf die Aufkleber der vorbeifahrenden Autos, die für mich immer noch aussehen wie kleine zerfranste Kochwürstchen. Ich puzzle täglich an meinen fünftausend Teilen. *Was soll das darstellen?*, frage ich Chris von meinem Fensterplatz aus. Ich deute auf die Autos. Sie versteht nicht. Ich nehme einen Zettel und zeichne den Aufkleber.

Ach, du meinst Sylt?

Irritiert frage ich, ob das Sylt sei, ob so Sylt aussehe. Sie fragt, von welchem Planeten ich komme. Ich sage,

Hessen. Ob die Hessen Sylt nicht kennen. Sofort bin ich wieder in meiner ländlichen Verteidigungshaltung. Die Aufkleber gebe es in Frankfurt nicht, dort sehe man eher den Korsenkopf, das sei immerhin ein Gesicht mit Augen, Nase, Mund. Man könne ja wenigstens *Sylt* unter Sylt schreiben. Chris zuckt mit den Schultern: *Ob man das tut oder in China fällt ein Sack Reis um.*

Ich warte auf das Ende des Satzes, stelle aber schnell fest, dass das scheinbar das Ende des Satzes war – aus Hamburger Sicht.

Hessisch kleinlich klaube ich die kleinen Einzelteile des Motors von der Straße.

... is Worscht, ergänze ich.

Ob das passiere oder in China falle ein Sack Reis um, sei Wurst, ergänze ich, während sich vor meinem inneren Auge zerfranste Kochwürstchen im Hamburger Elbwasser auflösen.

Venedig

»Meine Eltern sind aus Venedig zurückgekehrt. Es ist ihnen nichts geschehen. Man hätte sie überfallen, ausrauben und erstechen können. Sie hätten sich im Gassenlabyrinth der Stadt verlaufen können und wären verschwunden. Ich rechne täglich mit dem Verschwinden meiner Eltern.«
(Judith Hermann: Nichts als Gespenster)*

Mein Vater holte mich in der Tiefgarage ab. Er trug meine Taschen und ich rollte mit meinem Koffer hinterher. Sie wohnten jetzt seit zwei Jahren in diesem Haus im Frankfurter Bahnhofsviertel, das aussah wie ein Hotel. Die Flure waren mit Teppichboden ausgelegt, im Innenhof gab es ein Café und einen Frisör, nur Souvenire konnte man nicht kaufen und keinen Schmuck, den man in den Fünf-Sterne-Hotels meiner Kindheit so dringend brauchte, innerhalb des Hotels – draußen wurde er gestohlen.

Mein Vater öffnete eine der vielen Stahltüren und schloss sie gleich wieder, weil sie zum Heizungskeller führte. Wir rollten weiter. Hinter der dritten Tür fanden wir den Aufzug, der uns in eine hell erleuchtete Lobby führen sollte, mit gestischen Bildern an den Wänden und einer Staffelei, auf der die Speisekarte lehnte. So zumindest hätte man sich die Rezeption vorgestellt, aber wir fuhren in den fünften Stock, liefen an anonymen Türen vorbei, die keine Nummern hatten, nur Fußabtreter, die nicht in die Eingänge passten und sich von Türpfosten zu Türpfosten bogen, wie pelzige Skaterbahnen. Ich stellte mir die dahinter befindlichen Ehebetten vor, die zwischen den Wänden klemmten, bucklige Menschen, die nicht in ihre Räume passten und sich auf ihren gewellten Matratzen einen Bandscheibenvorfall holten.

Wir sind falsch, sagte bremsend mein Vater. Wir wechselten die Richtung und jetzt rollte ich mit meinem Koffer vorneweg, ohne die leiseste Ahnung, wo wir hinmussten, was nichts machte, mein Vater wusste es schließlich auch nicht. *Weißt du noch, als du den Clown in Florenz geholt hast?,* fragte mein Vater. Ich nickte und wir landeten in einer Sackgasse. Mein Vater murmelte irgendetwas von *falschem Aufzug* und ich schlug vor, im Treppenhaus aus einem der Fenster zu spähen, vielleicht sehe er etwas, das er wiedererkenne. Mein Vater bückte sich, wobei er Oberkörper und Kopf in einem bewegte, wie ein Vögelchen, das in ruckartigen Blicken seine Umwelt sortierte auf der Suche nach dem Wurm, meiner Mutter, die auf dem Sofa lag, eine Decke über dem gliedlosen Körper, und von Lehm und Wurzeln träumte.

Mist, wir müssen da hinten hin, sagte mein Vater und deutete mit seinem grauen Flügel auf die andere Seite der Wohnanlage, auf einen Balkon, überwuchert von roten Blumen.

Ich fragte ihn, ob sie auch immer so lange bräuchten, um das Haus zu verlassen, aber mein Vater murmelte nur, raus sei einfacher.

In der Wohnung wartete schon der Wurm, kein bisschen verwundert über die Verspätung und umschlang mich mit seinem langen Körper und den Worten: *Kind,* froh über meinen Anblick oder froh, mich wiederzuerkennen.

Meine Eltern waren alt geworden. Die Haare meines Vaters waren fast vollständig grau, nur meine Mutter war und blieb blond. Sie war schon immer blond, färbte sich die Haare schon seit meiner Kindheit in dem immergleichen Blondton, rief *Kind,* wobei ihre Haare sich keinen Zentimeter bewegten, benutzte schon immer ein stabiles Haarspray für ihre blonden Haare, die ja im Grunde genommen nie blond waren, ich keine Ahnung hatte, wie ihre Haare wirklich aussahen, nur blond waren sie nie.

Morgen würden wir nach Venedig fahren. Meine Eltern liebten Italien und sie interessierten sich für Kunst. Die Reise hatten wir meiner Mutter zum siebzigsten Geburtstag geschenkt. Wir fuhren zur Biennale, würden Cappuccino trinken und Kunst ansehen. Die Koffer meiner Eltern standen gepackt im Flur. Sie waren jeder für sich genommen nur halb so groß wie meiner. Früher hatten sie mindestens drei Koffer, die sich so blähten, dass man sie nur mit gestreckten Armen öffnen konnte, die Druckwelle hätte einen ansonsten an eine der Hotelwände gesprengt. Ein Fernzünder wäre gut gewesen, aber gestreckte Arme gingen auch.

Auf der Sofalehne saß ein dicker Porzellanclown aus

Florenz. Es war meiner. Ich hatte ihn damals gekauft, als ich mit meinen Eltern in Florenz war, damals, als ich wirklich noch ein Kind war und meine Eltern matt auf ihrem Hotelbett lagen, zu müde, um noch einmal loszugehen, zu erschöpft, um mir die Puppe zu kaufen, drückten sie mir ein Bündel Geldscheine in die Hand, sagten, ich könne ihn selber holen, kauften sich frei von meinem Gejammer, während ich die unzähligen Lire-scheine mit meiner Kinderhand umschloss, mich auf den Weg machte und ab und zu einen fallen gelassen hät-te, um den Weg zurückzufinden, wäre ich weniger ma-terialistisch gewesen. So erinnere ich mich nur noch an den Weg, an meine angespannte Konzentration auf das Bündel in meiner Hand, das ich für Millionen hielt und wahrscheinlich Millionen war, in Italien, in Deutschland höchstens fünfzig Mark, und an den Laden, in dessen Schaufenster dieser dicke Clown saß, den ich so unbe-dingt haben wollte.

Seitdem loben meine Eltern bei jeder sich bietenden Gelegenheit meinen Orientierungssinn. Ich hätte mich schon immer gut orientieren können und ob man sich noch erinnere, der Clown in Florenz. Im Grunde glau-be ich, meine Eltern erwähnten diesen Tag deshalb so oft, weil sie ein schlechtes Gewissen hatten, ein Kind al-leine durch eine fremde Großstadt geschickt zu haben, ein Bündel Geldscheine in der Hand, die Anzahlung an die Mafia. Kurz darauf wurden die Kronzuckerkinder in der Toskana entführt und meine Eltern erwähnten die Clowngeschichte noch öfter als gewöhnlich. *Weißt du noch, damals in Florenz?*, während ein verzweifelter

Dieter Kronzucker über den Bildschirm flimmerte und um die Freilassung seiner Töchter bat.

Ich betrachtete den Clown und dachte, gut, dass er da war, gut, dass er da saß, wäre er weg gewesen, wäre ich entführt.

Am nächsten Morgen rollten wir über den Frankfurter Hauptbahnhof. Meine Mutter ging zum Geldautomaten und ließ ihren Koffer stehen. Sie kam wieder, nahm ihn aber auch dann nicht mit. Sie hatte ihn einfach vergessen. Ich rollte jetzt zwei Koffer und ließ meine Mutter nicht mehr aus den Augen.

Nach einer nicht enden wollenden Busfahrt und einem kurzen Flug kamen wir in Venedig an. Wir fanden gleich das richtige Boot, was auch nicht weiter schwierig war, letzten Endes aber mit meinem überdurchschnittlichen Orientierungssinn zu tun hatte, der mich seit dem fünften Lebensjahr nicht mehr verlassen hatte. *Weißt Du noch, damals in Florenz?*, fragte meine Mutter. Und mein Vater und ich nickten. Unser Hotel war auf dem Lido. Die Lobby sah so aus, wie man sie in dem Haus meiner Eltern vermutet hätte. Nur die Bilder waren nicht abstrakt oder gestisch. Sie waren sehr real, zeigten eine Stadt, die sich nie verändert hatte, in alten, abgeblätterten Ölfarben. Obwohl die Bilder wahrscheinlich überhaupt nicht alt waren, das Motiv war alt. Venedig war alt. Und während jede andere Stadt jährlich einen neuen Reiseführer auf den Markt warf, blieb der Venedigführer immer gleich, erklärte, dass man nicht in kurzen Röcken in die Kirchen durfte und Nudeln nicht als Hauptgericht aß, um nicht den Italiener zu beleidigen. Meine Mutter aß gleich nach der Ankunft Spaghetti und sonst nichts und der Kellner sah sie strafend an, beleidigt, weil sie nicht den Reiseführer las, gekränkt, dass sie überhaupt dort essen wollte, in langen Hosen. Meine Mutter sagte, sie wolle bezahlen und der Italiener tat so, als verstehe er nicht. Mein Vater sagte: *The bill please*. Und der Kellner antwortete: *Speak english*.

Am nächsten Morgen saßen wir an unserem Bootsanleger. Noch nicht einmal die Linien hatten sich geändert. Zur Biennale waren es nur zwei Stationen. Das Boot kam auch gleich und meine Mutter wunderte sich, dass das Boot gleich da war. Sie deutete auf den Plan und meinte: *Glück gehabt, eigentlich käme es um zehn*. Ich fragte: *Wieso zehn?* Und meine Mutter deutete wortlos auf die Abbildung der Uhr, die Uhr, die einfach nur den Fahrplan symbolisierte, während ich auf die Schrift dahinter zeigte: 10 minuti, und sagte: *Alle zehn Minuten*. Und meine Mutter anerkennend nickte, stolz auf meine profunde Sprachkenntnis und sagte: *Weißt du noch, damals?*, und ich sogar wusste, was kam: Florenz. Ich sagte, *ich sage nur ›Clown‹*, und meine Mutter nickte stolz, als könne in meinem Leben nichts mehr schief gehen.

Wir liefen über das Gelände. Meiner Mutter gefiel der russische Pavillon am besten. Dabei wurden dort Videos gezeigt. Jeder hasst Videos. Nur meine Mutter blieb wie angewurzelt stehen und wollte auch nicht gehen, als mein Vater gehen wollte. Normalerweise will meine Mutter immer als Erste gehen, aber jetzt, als mein Vater gehen wollte, als er ihr auf die Schulter tippte und sagte: *Gehen wir?*, was keinesfalls als Frage gemeint war und er deshalb sagte und nicht fragte: *Gehen wir*, blieb meine Mutter an die Säule gelehnt stehen, schüttelte den Kopf im russischen Dunkel der Apokalypse und beobachtete die computeranimierten LKWs, die Brücken und Abhänge hinunterstürzten. Wir standen schon seit zwanzig Minuten und ich fragte: *Warum nicht?*, wobei mir auffiel, dass ich meine Mutter immer öfter nach dem *Warum* fragen musste, mir kein Bild mehr machen konnte, von dem, was sie dachte. Ihre wilden Assoziationen immer ein Leichtes für mich waren, nur jetzt auf unserer Italienreise blieben sie mir ein Rätsel. Sphinxhaft stand sie zwischen den Säulen der russischen Macht, die sie fesselte, untermalt von russischen Paukenschlägen. *Warum nicht?*, fragte ich und tippte ihr auf die Schulter. Meine Mutter flüsterte, sie wolle sehen, ob es ein *Happy End* gebe, während im Hintergrund krachend ein Flugzeug in den Boden rammte.

Auch später blieb meine Mutter am liebsten vor den Videos sitzen. Mittlerweile hatte sie erkannt, dass es in der Kunst kein Happy End gab, sie setzte sich, weil man es sonst nirgends konnte, nahm höflich die Kopfhörer, damit niemand merkte, dass sie eigentlich nur des Sofas wegen gekommen war.

Meine Mutter wurde auf diese Weise ein wahrer Videokunst-Spezialist. Wir kamen von Österreich, aus der Schweiz, lasen die französischen Konzepte von Sophie Calle, die wir nicht verstanden und kletterten durch polnische Supermärkte. Wir warfen Pfeile auf skandinavische Dartscheiben und kamen zwischenzeitlich immer wieder zurück nach Belgien, wo meine Mutter saß.

Irgendwann wollte meine Mutter gehen. Ich ging mit ihr zum Café am Eingang. Vom belgischen Pavillon aus war das geradeaus und dann auf der rechten Seite. Man konnte es von Belgien aus sogar schon sehen. Sehr viel komplizierter konnte mein längst vergangener Weg zu dem dicken Clown, der heute auf dem Sofa saß, auch nicht gewesen sein.

Die Wege, die ich kannte, gingen nicht weiter als bis zum gegenüberliegenden Spielplatz unseres Hauses und wieder zurück. Trotzdem habe ich meinen ersten selbständigen Gang durch italienische Gassen als einen hochkomplizierten ausländischen Irrgarten in Erinnerung, wahrscheinlich einfach aufgrund der elterlichen Legendenbildung. Genau genommen hätte ich mich mit meinen Eltern bestimmt verlaufen.

Als ich mit meinem Rucksack den Bistrotisch rammte, erkannte auch meine Mutter, dass sie ihr Ziel erreicht hatte. *Ah, da ist es ja,* sagte sie freudig und ließ sich auf den Stuhl plumpsen. Ich weiß nicht, was sie dachte, auf welchen labyrinthischen Wegen wir gekommen waren. Wahrscheinlich sah sie nicht den Clown, der ihr über italienischen Kuppelkirchen zuwinkte. Sie sah nur mich und sagte: *Weißt du noch, damals?* Und ich wusste.

✿

Die Katzen unserer Nachbarn

»Ein Mann trifft auf der Straße einen Freund. Er komme gerade vom Psychiater. Der Freund fragt, ob er geholfen habe. ›Naja‹, erwidert der Mann. ›Gestern war ich noch Napoleon. Heute bin ich ein Nichts.‹«

Ich weiß nicht mehr, ab wann genau es anfing, mich zu beunruhigen. Ich glaube, es begann irgendwann im Sommer, als ich durch die Straßen Altonas lief, es könnte aber auch Weihnachten gewesen sein, was natürlich nicht genau dasselbe ist, aber zeigt, in welchem Zustand ich mich damals schon befand und heute noch befinde. Der unausweichliche Wechsel der Jahreszeiten, der mir nicht auffällt, und in die für mich immer gleiche Jahreszeit mündet, eine Jahreszeit mit zwei Gesichtern aber demselben Kopf.

Jeder kennt den Spruch mit dem *lachenden* und dem *weinenden* Auge. Die Menschen, die von Hamburg wegziehen und meinen, sie gingen, aber sie gingen mit einem lachenden und einem weinenden Auge und keine Ahnung haben, wie blöd das aussieht und wie wenig man sie deswegen vermisst.

Es könnte wirklich Weihnachten gewesen sein. Denn Plakatwände fallen mir immer erst auf, wenn sie massiv und an jeder Ecke mit demselben werben. Sie fallen mir wahrscheinlich auch deshalb erst dann auf, weil ich noch keine Weihnachtsgeschenke habe und verzweifelt die Wände absuche, auf der Suche nach der einen brillanten Idee, weswegen es genauso gut Juni gewesen sein könnte, wegen der Geburtstage, und so starrt mein Zweijahreszeitenkopf jetzt auf eine Wand, auf der steht: *Auf das Tier im Bier. Holsten. Auf uns Männer.* Natürlich steht da: Auf das Tier *zum* Bier und ich denke mir die todgeweihte Fliege wieder weg und das arme Schwein hin, das auf dem Foto so traurig vor sich hin grillt, und ich frage mich sowieso, wer das essen soll, es passt ja noch nicht einmal auf den Rost, wahrscheinlich *das Tier in mir,* und irgendwann grillen sie sich gegenseitig – mit einem lachenden und einem weinenden Auge. Ich dachte, wenn ich schon die simplen Anzeigen nicht mehr verstehe, einfach weil ich nicht lesen kann, muss ich mich auch nicht wundern, wenn die Werbung für kompliziertere Produkte mir ungleich schwerere Hürden in den Weg stellt als zappelnde Fliegen an klebrigen Glaswänden. Die damalige Anzeige war ganz in grün gehalten, soweit konnte ich noch folgen. Eine schablonenhafte Figur mit Afrolocken spaltete sich in immer weitere Persönlichkeiten, was das Afrowesen aber nicht weiter zu beunruhigen schien. Freudig tanzte sie mit allen Varianten der Originalschablone, mit all den Mutanten ihrer selbst, ein kleines Kabel im Ohr, das auch aus all den anderen genetisch gleichen Ohren wuchs. Sie tanzte ob der vielen Möglichkeiten, sie selbst zu sein. Dolly auf der Suche nach – ja was eigentlich? Ein wahrer Albtraum und ein für mich noch größeres Rätsel bei der Suche nach dem auf dem Bild versteckten Luxusgut. Welches Produkt hatte auf den Menschen eine so verstörende Wirkung?

Multiply your personality stand in großen Buchstaben am Bildrand.

Ohne religiös zu werden, war das doch eher das Letzte, was man sein bzw. auch noch multiplizieren sollte – eine gespaltene Persönlichkeit.

Ich versuchte zu erkennen, was ich zu kaufen meiden sollte, um nicht in diesem kläglichen Zustand zu enden, erkannte aber nur das Apple-Logo und hinterfragte jetzt doch mein scheinbares Heidentum, das einfach *nicht* den Baum der Erkenntnis, wohl aber die Ursünde sehen wollte und die Frage, warum Adam in diesen Apfel gebissen hatte. Obwohl dieser Umstand natürlich die rasante Bevölkerungsexplosion erklären würde – *multiply your personality*. Adam, tu was. Und Adam steckte sich ein Kabel ins Ohr, um generationsübergreifend zu tanzen.

Ich glaube eigentlich nicht, dass die Werbung einen großartigen Einfluss auf die Welt nimmt. Ich glaube auch nicht, dass sie ein Spiegel der Gesellschaft ist. Dazu kennt man zu viele doofe Werber, die auch nicht richtig wissen, was sie tun, und man deshalb stundenlang versucht zu entziffern, was sie gemeint haben könnten, während sie stundenlang versuchten zu kreieren, wen sie meinen könnten und was ihrer Meinung nach die Käufer meinen und dann meint jeder irgendetwas und die Meinungen gehen aneinander vorbei, obwohl man schon willig ist und sie sich ansieht, die Bilder an all den Wänden. Persönlich muss ich allerdings zugeben, dass mir die Bilder erst in ihrer Masse auffallen.

Und auch nur deshalb fiel mir der Suchaufruf eines unserer Nachbarn sofort ins Auge.

Wo ist Miezi?, rief es von allen Laternenpfählen und Ampeln der Gegend.

Unschwer zu erraten, um welches Tier es sich handeln könnte. Mal was anderes als dieser Applemist. Da sucht jemand nach einem konkreten Tier und er will es auch nur einmal haben.

Von Miezi selbst hing an jeder zweiten Laterne ein Portraitfoto. Miezi war getigert und zur genauen Personenbeschreibung kam der Zusatz, sie habe schwarze Sohlen, in Klammern Miezi, damit man wusste, wer gemeint war. Schön wären ja meiner Meinung nach leise Sohlen gewesen, das hätte der Katze so etwas Mystisches gegeben, ein Grund, wie ich dachte, warum Leute überhaupt Katzen haben – aber sie waren wohl leider einfach nur schwarz.

Ich habe von Grund auf ein tiefes Mitgefühl mit Tierbesitzern und obwohl ich Katzen nicht sonderlich mag, wäre ich als Kind untröstlich gewesen, wäre unser Rauhaardackel weggelaufen und keiner hätte sich dafür interessiert.

Deshalb hielt ich in unserem Garten angestrengt Ausschau nach Miezi, was nicht ganz stimmt. Ich wusste, dass massig Katzen durch unseren Garten liefen und hätte sie für gewöhnlich auch für nur eine gehalten, sahen sie für mich doch alle gleich aus. Sie waren alle getigert und hatten alle diesen anstrengenden Reptilienblick, den Katzen nun einmal haben. Für mich wären sie eine Katze gewesen und deshalb vielleicht sogar Miezi, hätte ich nicht an einem Tag beobachtet, wie alle vier Katzen gleichzeitig durch den Garten schlichen – *multiply your personality*, und ich schlecht jede Katze umdrehen konnte, auf der Suche nach schwarzen Sohlen. Vielleicht hatten ja sogar alle schwarze Sohlen, vielleicht war es auch ein und dieselbe mit all ihren visualisierten Persönlichkeiten im Tanz mit der Ursünde.

Als ich heute zum Auto ging, fiel mir ein neuer kopierter Zettel auf. Er hing völlig unscheinbar am Tor des Gashändlers. Ich habe auch keinen weiteren gesehen. Vielleicht ein Unikat, vielleicht hing der Besitzer nicht besonders an seinem Tier. Auf dem Zettel stand: *Wo ist Tiger?*

Unnötig zu fragen, welches Muster dieses Tier hatte. Doch statt der für mich schon völlig unzureichenden Fußsohlenbeschreibung war hier das Einzige, was der Besitzer erwähnenswert fand: Er miaut sehr laut, in Klammern: lauter als andere Katzen.

Morgen werde ich mit einem Edding durch die Straßen laufen. Ich werde auf die Zettel schreiben: Eure Katzen sind alle in unserem Garten. Das Blöde: Sie bewegen sich. Schwer zu sagen, wo sie jetzt gerade sind. Vielleicht wurden sie mittlerweile ja auch entführt.

Also, wenn ihr bei der Suche zufällig meine Schwester seht, in Klammern: die mit dem Nachthemd, dann meldet Euch bitte
bei
Eurem Fox Mulder

Leise rieselt

»Starkes Schneegestöber füllte den weiten Raum zwischen mir und ihm; einen Wagen hatte ich, leicht, großräderig, ganz wie er für unsere Landstraßen taugt; in den Pelz gepackt, die Instrumententasche in der Hand, stand ich reisefertig schon auf dem Hofe; aber das Pferd fehlte, das Pferd.«
(Franz Kafka: Ein Landarzt)*

Ich öffnete die Tür und starrte gegen eine weiße Mauer. Dann holte ich aus der Küche zwei Eimer und fing an, mit einer Kehrrichtschaufel Löcher in die Wand zu schlagen. Ich kippte den Schnee in die Badewanne und ahnte, wie mühselig die Arbeit werden würde, dass ich so weder zum Stall noch zur Straße käme. *Utopisch*, dachte ich, *Hunger*, dachten die Pferde und *Scheiße*, dachte das Christkind.

Die Vorstellung, das Christkind könnte so etwas Unanständiges wie *Scheiße* auch nur denken, traf mich so hart, schoss so sturzflutartig in meine Gedanken, dass ich aus dem Bett hochschreckte, als habe ich im Traum gemordet, als habe das Christkind im Traum gemordet: ein Kind, das über dem Balkongeländer hing und schrie, *wo bleibst du denn, du blödes Ding*, und das Christkind genervt so lange mit seinem Paket auf das Kind einschlug, bis es vom Balkon fiel, während neben ihm die Teile von Spielzeugautos durch den nachtblauen Himmel fielen wie Sternschnuppen.

Eigentlich hätte die Wand aus Schnee genügen müssen, um mich im Traum den Traum erkennen zu lassen. Aber es war ausschließlich das Fluchen des Christkindes, das mir so surreal vorkam. Ausschließlich diese Absurdität verdrängte den Traum, der ja an sich schon nicht gerade real, ich weder Gehöft noch Pferde besaß, nur zwei Plastikeimer, in die ich den Schnee hätte schaufeln können und, nebenbei bemerkt, Angst vor Tieren habe, die größer sind als ich selbst. Der Mädchentraum war bei mir seit jeher ein Mädchenalbtraum und das Schicksal Christopher Reeves für mich nur eine schlüssige Folge des Reitens – für andere ein surreales Unglück, aus dessen Traum sie schlagartig erwacht wären, während ich mich weiter mit der für mich nur logischen Realität geplagt hätte, in der Hoffnung, ich sei das Pferd, nicht der Reiter.

Ich erinnerte mich an einen Traum, in dem es ebenfalls vor Merkwürdigkeiten nur so wimmelte, die mich dazu brachten, im Traum den Traum zu hinterfragen.

Ich befand mich im Dritten Weltkrieg. Die Menschen liefen in Gruppen durch eine zerbombte Stadt, und nur diejenigen, die sich in einer dieser Gruppen befanden, waren auch wirklich sicher. Der Flüchtlingsstrom passierte Grenzen, an denen die Gruppen neu sortiert wurden. Zunächst brauchte man einen Personalausweis, um weiter dabei sein zu dürfen. An der nächsten Grenze hingegen schon alle Kassenzettel von jedem Einkauf, den man jemals und zwar ausschließlich bei *Rewe* getätigt hatte. Ich lachte und sagte zu meinem Bruder, der neben mir ging, dass das ja geradezu absurd sei, ich wollte raus aus diesem Traum, *absurd*, sagte ich, wusste ich doch, dass nur die Bestätigung der Widersinnigkeit mir helfen konnte zu erwachen, *absurd*, sagte ich zum dritten Mal zu meinem Bruder, der mir in diesem Traum besonders begriffsstutzig vorkam, aber mein Bruder sah mich nur betroffen an, ob ich meine Kassenzettel nicht mehr hätte. Im Grunde wäre auch diese Antwort Grund genug gewesen, mich aus den Kriegswirren zu befreien. Aber mein Bruder war so. Er hob alles auf, und selbst in der Realität hätte es mich nicht weiter gewundert, hätte er noch alle Kassenzettel, und dabei meine ich noch nicht einmal ausschließlich jene von *Rewe*.

Ich versuchte jetzt, mit den fünf Sinnen dem Traum zu entkommen, hob Steine auf und prüfte, ob sie Gewicht hatten, trank ein Bier, das nach Bier schmeckte und sprach zu guter Letzt einen Mann auf der Straße an. Er wisse, dass er nur eine Traumfigur sei, und der Mann lächelte und sagte: *Ja, schon. Aber das sind Sie momentan ja auch.*

Ich wachte auf und seitdem halte ich mich für einen großen Traumforscher, der dann erwacht, wenn die Traumwelt sich nicht mehr mit der Realität deckt. Ein fluchendes Christkind war einfach unvorstellbar.

Die Tatsache, dass ich das Christkind an sich nicht anzweifelte, weder im Traum noch in der Realität, liegt wahrscheinlich darin begründet, dass seine Existenz, zumindest in meinem Dasein, nie wirklich widerlegt wurde. Zu uns kam das Christkind, denn obwohl ich in Hessen aufwuchs, kamen meine Eltern schlichtweg aus Bayern, verschleppten das Christkind in unser nunmehr protestantisches Wohnzimmer, zwangen es zu konvertieren, was uns Kindern egal war. Ich könnte noch nicht einmal sagen, ob es auch zu unseren hessisch-evangelischen Nachbarn kam, oder ob es den weiten Weg nur uns zuliebe auf sich nahm. Die Katholiken konnten mitunter sehr großzügig sein und ich hatte nichts gegen dieses verbliebene Ritual. Hätte ich meinen Vater als Weihnachtsmann verkleidet gesehen, wäre der Schwindel sofort aufgeflogen.

Zum Glück aber existiert der Weihnachtsmann nicht in Süddeutschland. Wir haben von unseren Eltern das Christkind geerbt, ein Wesen, das man sich eher wie einen blonden langhaarigen Engel vorstellen muss, weniger wie einen verheulten kleinen Schreihals, der der Bezeichnung *Christkind* viel näher käme. Meine Eltern kamen zum Glück nie auf die Idee, meinen Vater unter eine blonde Perücke und in ein glänzendes Kleid zu zwängen. Die Fantasie von Kindern ist schließlich begrenzt.

Und so hatten wir nur die offene Balkontür, aus der das Christkind gerade eben entwischt war, was die Eltern natürlich noch gesehen hatten, das letzte Drittel der Kufen, was auch nicht weiter auffällig war, weil meine Eltern sich schon immer und überall vordrängelten.

Als ich einmal mit meiner Freundin in Bayern Weihnachten feierte, war diese vom südländischen Brauchtum sehr irritiert. Pragmatisch, protestantisch, hanseatisch wollte sie das Fenster schließen, weil es kalt war, und abergläubisch, katholisch, bayerisch verboten wir ihr das. Wie solle das Christkind denn seine Geschenke unter den Baum laden, wenn das Fenster geschlossen sei. Irritiert fragte sie, *welches Christkind*, und erschüttert sagten wir gar nichts. Man konnte nicht bei null anfangen, man konnte nichts erklären, wenn die einfachsten Grundvoraussetzungen fehlten. Man konnte nicht bruchrechnen, wenn man keine Zahlen kannte.

Um überhaupt noch am Gespräch teilhaben zu können, meinte sie deshalb, also in Hamburg gebe es den Weihnachtsmann, und meine Nichte sagte, aber der komme doch am sechsten und heiße Nikolaus. Ich fragte, wie denn der Weihnachtsmann in die Hamburger Wohnungen komme und Chris meinte, durch den Kamin, so als hätten alle Hamburger Wohnungen einen Kamin und ich stellte mir den Weihnachtsmann vor, wie er mit dem Schlüsseldienst vor den kaminlosen Zimmern steht, fluchend, er bezahle das jetzt nicht, das sei jetzt nicht seine Schuld und was der Scheiß solle. Aber wahrscheinlich flucht auch der Weihnachtsmann nicht.

In Süddeutschland gibt es also das Christkind, in Norddeutschland den Weihnachtsmann – in Holland im Übrigen auch, nur dass der auch am sechsten kommt und zwar mit dem Dampfer, trotzdem nicht Nikolaus heißt und den schwarzen Piet und nicht Knecht Ruprecht an seiner Seite hat.

Chris wollte bei unserem letzten Urlaub ihr Laptop

mit nach Kanada nehmen. Ihre Freundin Steff riet ab, man dürfe keine technischen Geräte aus Kanada ausführen und Chris meinte, sie wolle ja auch nur das ausführen, was sie auch eingeführt habe. Steff nickte und meinte, das gehe aber nur, wenn sie den Kassenzettel mitnehme, sonst könne sie ja nicht beweisen, dass sie das Gerät, das sie gerade im Begriff stand auszuführen, auch eingeführt habe.

Ich hob einen Stein hoch, trank ein Bier, das nach Bier schmeckte und sagte zu Steff, sie wisse, dass sie eine Traumfigur sei.

Steff fragte, was der Scheiß denn jetzt solle.

Ich sagte, *das Christkind flucht nicht*, und wachte auf.

Ina Bruchlos wurde 1966 in Aschaffenburg geboren und studierte Freie Kunst in Offenbach, Rotterdam und Hamburg.
Sie arbeitet in den Bereichen Malerei und Literatur.
2002 erhielt sie den Förderpreis für Literatur der Freien und Hansestadt Hamburg,
2004 den Publikumspreis zur Erscheinung des Hamburger Ziegels im Literaturhaus.
2002 erschien ihr erster Kurzgeschichtenband *Städteverbindung Frankfurt-Hamburg* im material-verlag der HfbK Hamburg.
2005 erschien im Nachttischbuch-Verlag, Berlin, ihr Erzählband: *Nennt mich nicht Polke!* und 2006: *Mittwochskartoffeln*.

* Quellen der Zitate

S. 5: Uwe Timm: Die Entstehung der Currywurst, S. 9, Deutscher Taschenbuch Verlag GmbH & Co. KG, München, 2000

S. 11: Yann Martel: Schiffbruch mit Tiger, S. 110, S. Fischer Verlag GmbH, Frankfurt a. M., 2003

S. 19: Magnus Mills: Ganze Arbeit, S. 64, Suhrkamp Verlag, Frankfurt a. M., 2006

S. 27: Jeffrey Eugenides: Die Selbstmordschwestern, S. 93, Rowohlt, Reinbek bei Hamburg, 2006

S. 33: Haruki Murakami: Wilde Schafsjagd, S. 178, Insel Verlag, Frankfurt a. M. und Leipzig, 1991

S. 37: Szene im Treppenhaus, Hamburg, 20.01.2007

S. 43: Richard Powers: Das Echo der Erinnerung, S. 335, S. Fischer Verlag GmbH, Frankfurt a. M., 2006

S. 49: Chang-rae Lee: Turbulenzen, S. 34, S. Fischer Verlag GmbH, Frankfurt a. M., 2006

S. 57: Richard Powers: Das Echo der Erinnerung, S. 132, S. Fischer Verlag GmbH, Frankfurt a. M., 2006

S. 63: Titanic – Das Musical, Hamburg, 2002

S. 69: Richard Powers: Das Echo der Erinnerung, S. 340, S. Fischer Verlag GmbH, Frankfurt a. M., 2006

S. 75: Marc Spiegler: Frau Lennon und Herr Björk, S. 24, in: Monopol. Magazin für Kunst und Leben, Nr. 2/2006, Hamburg

S. 81: Andreas Maier: Wäldchestag, S. 83, Suhrkamp Verlag Frankfurt a. M., 2000

S. 89: Judith Hermann: Nichts als Gespenster, S. 121, S. Fischer Verlag GmbH, Frankfurt a. M., 2003

S.103: Franz Kafka: Ein Landarzt, S. 112, in: Franz Kafka: Erzählungen, Fischer Taschenbuch Verlag GmbH, Frankfurt a. M., 1983

Weitere Informationen und Verlagsprogramm unter
www.minimaltrashart.de